COLLECTION
FOLIO HISTOIRE

Léon Blum

Souvenirs sur l'Affaire

Préface
de Pascal Ory

Gallimard

PRÉFACE[1]

Il ne faut pas se fier aux apparences. Un jour, on ouvre le volume des Souvenirs sur l'Affaire, *parce qu'on se dit : c'est vrai, Léon Blum n'a pas laissé de Mémoires en bonne et due forme, mais il en avait au moins écrit ce chapitre-là. 1935 ? Tiens, juste avant le grand saut dans l'Histoire. 160 pages ? Ce sera vite lu. Et, en effet, on peut ne voir dans cette demi-douzaine d'articles sans prétention littéraire, sans ambition historique affichées, qu'un opuscule élégant, arpégé par un homme d'Etat de cette espèce rare : un auteur.* Marianne, *l'hebdomadaire qui les accueillit, était alors dirigé par Emmanuel Berl — esprit scintillant, comme chaque époque aime à s'en concocter trois ou quatre exemplaires pour le plaisir — et, pour deux années encore, propriété des éditions Gallimard. Le cœur à gauche, mais la plume multicolore ; rétrospectivement, de bien belles signatures, mais sans doute plus de tenue littéraire que de rigueur politique.*

1. Cette préface a été écrite pour la réédition de 1981.

Portrait de l'homme d'Etat en homme de lettres : ce ne serait pas rien, après tout. En cette fin de siècle hantée par le culturel, nous ne manquons pas de présidents de la République qui ont rêvé d'être Flaubert ou qui ne désespèrent pas d'être Chateaubriand. Là-bas, à son automne, Blum nous rappelle qu'il fut d'abord essayiste et critique, l'auteur, vers 1900, de deux ou trois ouvrages dignes d'être sauvés de l'oubli, un Stendhal, *les* Nouvelles conversations de Goethe avec Eckermann *et cet étonnant* Du mariage *qu'il faudra bien rééditer un de ces jours, lui aussi*[1]. *Ce camarade en poésie d'André Gide, ce membre attitré, dans sa jeunesse, de la brillante* Académie Canaque *dont les membres s'appelaient Pierre Louÿs, Henri de Régnier, Paul Valéry, et le secrétaire perpétuel Marcel Proust, ne s'est engagé dans la politique à temps complet qu'en 1914, à quarante-deux ans, et décidément, comme chef de parti, aux seuls abords de la cinquantaine. L'âge ici dit tout. Comme de Gaulle vingt ans plus tard, et contre l'*homo politicus *courant, il entre en politique sous la pression des circonstances, animé par une « certaine idée », plus que par une ambition certaine.*

Quand, à l'été 1935, il s'arrête un instant, chez ses amis Grunebaum-Ballin, aux Mesnuls, près de Montfort-l'Amaury, à écrire ces Souvenirs, *voici près de vingt ans que le rédacteur du très avancé programme*

1. Ce fut fait, en 1990, mais de la manière la plus absurde, c'est-à-dire sans présentation ni appareil critique. L'objet passa donc inaperçu. *(Note de 1993.)*

socialiste de 1919 n'aligne plus sur le papier que des mots de militant. Ce texte est là pour nous prouver que l'écrivain n'a pas perdu la main. De la pratique quotidienne de l'éditorial, le style a même gagné en fermeté, en naturel : vertus de cette langue du politique dont les profanes ne dénoncent d'ordinaire que la grandiloquence et la vacuité.

Tout ce qui fait l'originalité de Blum dans la galerie des portraits de l'histoire politique se retrouve ici, en concentré. Observateur privilégié, il ne cherche pas à imposer une grille d'interprétation. Il laisse ce travail à l'historien : le mémorialiste politique n'a pas toujours de ces scrupules. Justement, ce ne sont pas des mémoires, *mais de simples* souvenirs. *Le choc initial a été, dans les journaux de la mi-juillet 1935, cette nouvelle de second rang : « Alfred Dreyfus est mort. » La mémoire s'est mise en marche, et c'est tout. L'intention de l'auteur n'est que de parler du vécu, de faire sentir.*

Projet bien audacieux, dans son apparente modestie, à une telle distance des faits. Blum en a conscience, quand il profite de l'édition en livre pour corriger une demi-douzaine d'erreurs matérielles que lui avaient signalées des lecteurs de l'hebdomadaire. Mais voici : ces corrections, il ne les noie pas dans le texte, il les signale par autant de notes. C'est tout lui. Scrupules poussés jusqu'à la coquetterie, diront certains ; mais ont-ils vraiment mieux à proposer ? Là aussi, c'est toute la question : humaniste, assurément, socialiste éthique, socialiste des droits de l'homme, oui mais, tout compte fait, qui dit mieux ?

Sensible jusqu'à l'épanchement (« en moi, hors de moi »), il l'est, sans conteste. Il diagnostique lucidement « cette puissance d'admiration et de don qui (est) naturellement » en lui. Et il doit à ladite nature quelques déboires. Barrès, ce « frère aîné », par exemple, il ne doute pas un instant qu'il ne se range au côté des dreyfusards, en vertu du syllogisme : « nous avions tellement senti comme lui qu'il ne pouvait penser autrement que nous ». La déception sera rude. Mais comment ne pas voir que cette capacité d'émotion morale sera précisément jusqu'au bout sa grande source d'énergie ? Pour le reste, la raison a construit la machine. Anatole France en est le héros, comme Bernard Lazare serait celui de la sensibilité, mais l'un et l'autre vivent, en proportions opposées, de la conjugaison des deux. Parlons d'un rationalisme sensible. Il illumine tout au long de l'Affaire ces moments d'intensité où « intelligence et âme (sont) entièrement fixées » sur un seul objet : « le cheminement de la preuve ».

Non, il ne faut pas se fier aux apparences. Les textes qui tiennent sur la distance, fiction ou documentaire, peu importe, sont ceux qui proposent, noir sur blanc, une réponse claire — il n'importe laquelle —, à un très petit nombre de questions simples. On reconnaît les exercices de style à ce qu'ils ne fournissent que les questions, les essais académiques, les réponses, la littérature de gare, ni les unes ni les autres. Sans en avoir l'air, les Souvenirs *sont tout questions et tout réponses. Et pas des moindres.*

L'ÉVÉNEMENT ?

On sait, depuis un article remarqué de Pierre Nora, que l'Affaire Dreyfus, par le rôle original qu'y tinrent les médias, peut être considérée comme le prototype de l'événement moderne, en termes d'histoire de la communication. Mais il y a une autre dimension de l'événement. Implicite, peut-être, peu « scientifique », mais à vrai dire essentielle. En tous les cas, c'est elle, à l'évidence, qui préoccupe Blum. Appelons-la philosophique. Autrement dit dramaturgique — philosophie, théâtre des concepts ?

Supposons par exemple, pour les besoins de la cause, une grande démocratie occidentale, régie sans trop de mal par un chef d'Etat sans doute sur le déclin mais que tous les astrologues, tous les politologues destinent à être reconduit dans ses fonctions présidentielles aux élections prochaines. Le jour dit, le candidat de l'opposition l'emporte. En l'espace de quelques semaines, tout bascule. Les machineries administrative et culturelle qui, par entraînement, fonctionnaient jusque-là en faveur de l'équipe A se mettent à renforcer la victoire de l'équipe B, en élargissent les assises, en multiplient les épiphanies. Pour plusieurs mois les vaincus demeurent comme tétanisés ; les vainqueurs eux-mêmes doivent longtemps encore se pincer pour y croire. On parle d'état de grâce. Que s'est-il passé ? Un *événement : autrement dit,* la *rupture. Ainsi chacune de nos existences, toute plane, toute grise soit-elle, enfante-t-elle au moins un événement* sui generis : *sa propre mort. Parvenue à un certain degré d'exemplarité, la rupture déconcerte à ce point l'observateur qu'il ne sait quel qualificatif lui attribuer. Alors, en 1898, il parle de « l'Affaire », en 1968, mieux encore, des « Evénements ».*

Sans l'Affaire, il y a fort à parier que la carrière de Georges Clemenceau ne se fût pas rétablie aussi brillamment que l'on sait, et que nous n'aurions pas entendu parler du Tigre. Sans cette perte d'équilibre modèle 1898, le vieux Henri Rochefort mourait dans la peau d'un ancien Communard mauvaise tête ; au lieu de quoi il tombe décidément à droite, salué par les clairons nationalistes. Dira-t-on du moins que de telles évolutions étaient prévisibles, une fois posé l'incident initial ? Le témoignage de Blum sur Barrès est là pour nous rappeler à plus de modestie dans la prophétie rétrospective. Le boulangisme passé de Barrès ne suffisait pas plus à en faire automatiquement un antidreyfusard que le sionisme final de Bernard Lazare n'était contenu dans ses diatribes de jeunesse contre les immigrés juifs d'Europe centrale. L'histoire estime pour peu le suffisant. Le nécessaire lui importe beaucoup plus.

Ici le nécessaire est que l'Affaire n'est pas, pour ses protagonistes originels, une simple question de politique mais aussi, mais surtout, le lieu d'un débat moral. Emotion collective et circonscrite, l'événement est commotion. Blum parle d'elle comme éclairant soudain « des fonds d'âme ». Vocabulaire daté ? Là encore, que messieurs les antihumanistes commen-

cent. Car ce sont bien des valeurs que l'événement met en circulation. Leur nature détermine le camp dans lequel on se rangera, leur force fera varier la clarté et la précocité de l'engagement. L'événement judiciaire, en ce qu'il joue toute la partie par procuration sur un seul homme (l'inculpé, le condamné, l'innocent), en ce qu'il ne requiert pas d'emblée chaque citoyen d'avoir à se prononcer sur lui à la manière d'un vote au suffrage universel, est ainsi un type achevé d'implication morale.

Fonds d'âme seront donc l'abstentionnisme, pour ne pas dire l'absentéisme des locataires de tour d'ivoire comme ce Heredia que Blum avait tant prisé. Les voici fortement menacés de voir leur œuvre, si farouchement préservée des influences du dehors, tomber en poussière au premier courant d'air. « Comme toute une génération littéraire se trouve, par ces incidents tragiques, irrémissiblement condamnée ! », s'exclamera Blum dans une lettre à Gide, contemporaine du procès Zola. Fonds d'âme, a contrario, *l'enthousiasme farouche des « fortes personnalités ». Désormais, poursuivant sur leur aire, celles-là ne varieront plus. Francis de Pressensé, par exemple, rédacteur au* Temps *mais protestant à principes, qui met soudain à jamais le cap sur le grand large, jusqu'à figurer un jour parmi les fondateurs de* L'Humanité. *La découverte d'eux-mêmes que ces êtres font en ces jours est comme une seconde naissance. La biographie d'un Bernard Lazare, d'un Theodor Herzl commence le jour de la dégradation d'Alfred Dreyfus. Avant, il n'y a que deux existences.*

Aux moments de grande intensité, la valeur occupe chez ces combattants le maximum de terrain, d'extension corporelle, pourrait-on dire après Blum qui parle de cette « dépréciation », a contrario, *« de la valeur vitale » à quoi on reconnaît ces périodes d'exception. On songe au Christ : « Je ne suis pas venu apporter la paix, mais le glaive... Qui cherche à conserver sa vie la perdra ; qui perd sa vie à cause de moi la retrouvera. » (Matt,. X, 34, 39.)*

LE JUSTE ?

Au cœur de cette épreuve, un agent va son chemin. C'est lui le personnage principal, aux cent visages, des Souvenirs. *Le lecteur lui trouve aisément un nom, celui-là même que Clemenceau a popularisé en janvier 1898 quand il demanda aux illustrations du dreyfusisme de se compter publiquement derrière Zola : l' « intellectuel ». Léon Blum, si l'on extrapole le qualificatif qu'il applique à Lazare, l'aurait plus justement appelé le Juste. L'auditeur au Conseil d'Etat qu'il est devenu depuis un peu plus d'un an au moment où s'ouvre cette histoire, aussi bien que le président du Conseil qu'il sera dans moins d'un an au moment où il l'écrit sont bien placés pour nous en parler.*

Et c'est ici que ces questions de forme, sur les Souvenirs *et sur l'Affaire proprement dite, s'effacent devant les deux questions de fond qui sont comme leur vis-à-vis, celles sur lesquelles Blum a le plus à nous dire, quarante années après les événements, quarante après en avoir écrit le récit.*

Juste : le mot n'a pas toujours été pris en très bonne part. Quand, en 1955, Colette Audry sous-titra son étude sur Blum « la politique du Juste », ce n'était pas sans mettre dans le mot une grosse restriction mentale. Le Juste, l'homme qui se lave les mains devant l'Histoire mais qui n'a pas de mains. Mais chacun devine que le mot d' « intellectuel » a quelque chose d'étriqué, comme d'une « catégorie socio-professionnelle » — les intellectuels le sont d'ailleurs officiellement, dans certains pays de l'Est. Il est plus difficile de faire profession de Juste. Relevons donc le nom déchu de l'antique version. Et puis, finies les timidités de vocabulaire, premières défaites des esprits devant le terrorisme idéologique.

Prémisses : le Juste est rare. Ils ne sont qu'une poignée à croire à l'innocence de Dreyfus en 1897, parmi tous ceux qui pourraient déjà s'en être convaincus. Deux ans plus tard, au lendemain du procès de Rennes, qui leur donne encore tort, ils sont loin d'avoir conquis le pouvoir culturel, quoi qu'il y paraisse aujourd'hui. Simplement, ils sont en train de recevoir l'appui, stratégique ou tactique selon les cas, de politiques aux yeux enfin dessillés. Mais la fameuse opinion publique, *dont cette époque fut peut-être l'âge d'or, suit mollement. Si l'on s'essaye à classer la presse, même à cette date, l'attentisme et l'antidreyfusisme y tiennent encore le haut du pavé.*

Les Justes gagnent leurs procès — quand ils les gagnent — en dernier appel, devant la postérité : en

1981 la littérature sur l'Affaire n'est plus guère que dreyfusarde. « La vérité ne triomphe jamais », dira vers le même temps Max Planck, sur un tout autre (?) sujet, « mais ses adversaires finissent par mourir. » Seuls comptent en histoire la tendance, le sens, jamais l'instantané. Un essayiste pressé prétendit, il y a peu, fouailler en son plus profond L'idéologie française. *Au milieu de mille bourdes, la journaliste Séverine s'y trouva classée « antisémite ». Vérification : à ses débuts Séverine a suivi Drumont, mais tout le* sens *de sa vie a précisément été son combat contre l'antisémitisme de ses débuts, à tel point que l'exigeant Bernard Lecache, fondateur de la LICA, consacra à sa mort un plein ouvrage à celle qu'il saluait comme « la bonne ouvrière de l'Affaire ». Ou comment distinguer une perspective absolutiste d'une perspective historique.*

Si le Juste est minoritaire, il a le don de toutes les minorités agissantes : il sait constituer des réseaux. Ce n'est pas un hasard si cette riche année 98 a vu aussi la naissance de la Ligue des Droits de l'homme. Le réseau intellectuel se construit sur le verbe. Les écrivains et les journalistes (« publicistes », un joli mot, après tout) en sont les opérateurs, mais dès l'Affaire on y trouve aussi les savants, professionnels de la démonstration, qu'ils soient physiciens ou chartistes. Leurs offensives, leurs défaites, leurs victoires sont verbales. Elles ont nom J'accuse, *signé Zola,* Preuves, *signé Jaurès. Ce dernier, Blum nous l'apprend, a l'une des plus fortes intuitions de toute la campagne quand, en face de l'état-major dreyfu-*

sard effondré par le discours d'un nouveau ministre de la Guerre, il démontre qu'au contraire tout est gagné : jusque-là, le gouvernement gardait un silence méprisant, il était intouchable ; voici qu'il se sent obligé d'argumenter, sa défaite est certaine.

Mais tous les combattants du verbe n'ont pas pour arme la divulgation. L'éminence grise existe aussi en histoire intellectuelle. Les Souvenirs *s'ouvrent sur le portrait de son type achevé, Lucien Herr. Directeur de conscience, maître à penser, peu importe la terminologie : Herr est de ces hommes, beaucoup moins nombreux encore que les précédents, dont l'œuvre est faite non pas de lignes imprimées, de discours prononcés, mais d'êtres formés, marqués à jamais. On comprend mieux le sens d'une telle vie en considérant son inverse exact : le conseiller du Prince. Ceux-là, de Platon à Raymond Aron en passant par Machiavel, croient infléchir l'ordre politique par la force de leur argumentation, et sont toujours bien près de vouloir jouer au Prince soi-même. L'un d'entre eux traverse le texte, et c'est encore Barrès. Dans le meilleur des cas, cette incursion dans le pouvoir se termine par une expédition dérisoire à Fiume ; dans le pire, cela donne Drieu et son Gardénal. Rien de plus étranger à Blum que ce mélange des genres.*

Typologie, topographie, voire généalogie : sans elles l'histoire intellectuelle, autrement dit l'histoire sociale d'une époque demeurent incompréhensibles. Le socialisme français au début du siècle, le Front populaire seraient bien opaques sans la connaissance des liens noués entre dreyfusards. Pour ne citer qu'eux, le rôle joué en 1936 par un Jean Perrin ou un Paul Grunebaum-Ballin ne se comprend pas sans l'Affaire. Chaque grand événement commotif nous en refournit la preuve. Un observateur de la société française d'aujourd'hui se doit de prêter la plus grande attention aux solidarités/inimitiés nées des épreuves de l'Occupation, de la Guerre froide, de la lutte anticoloniale, de Mai 68... Preuve par l'épreuve : ces configurations ne cristallisent avec assez de force que dans de rigoureuses conditions de température et de pression. Rien qui unisse plus deux êtres qu'une persécution, un exil, une traversée du désert vécus en commun. Les dreyfusards n'en ont pas manqué.

Il suffit de lire Blum pour voir que l'opposition droite/gauche rend très bien compte de telles dichotomies. Tous les antidreyfusards font en fait le choix de Goethe (pas celui des Nouvelles Conversations...) : plutôt couvrir une injustice que tolérer un désordre. Ils convergent logiquement vers cet étonnant culte du faux patriotique, après le suicide du colonel Henry, convaincu de forgerie. On a l'impression que jamais les adversaires de la révision (eux seuls, après tout, par leur obstination, créent l'Affaire) ne seront si bien mobilisés que du jour où il sera avéré, pièce en main, que leur argumentation était truquée. C'est qu'elle passe alors au stade des grands principes. Tout à fait opératoire, le bon vieux triptyque républicain : dans l'ordre de la liberté, l'antidreyfusard pose l'ordre contre la justice, dans celui de l'égalité la nation contre le droit, dans celui de la fraternité le *racisme contre l'universalité. Ce n'est pas ici le lieu de voir s'il y a toujours contradiction entre ces termes. Il me suffit qu'on les oppose.*

Dans l'exacte mesure où il n'est pas question d'en conclure qu'à l'inverse tous les dreyfusards étaient « à gauche », on voit combien la fameuse opposition de Péguy entre la mystique *et la* politique *dreyfusardes est absurde. Distinguo cousu de fil blanc, tout au service des déceptions personnelles d'un grand écrivain doublé d'un grand caractériel. La continuité est évidente, au contraire, entre la lutte pour la réhabilitation d'un innocent, contre le préjugé de race, et la politique des gouvernements Waldeck-Rousseau ou Emile Combes. La loi ultra-libérale de 1901 sur les associations, les mesures démocratiques d'André dans le domaine militaire, la Séparation de l'Eglise et de l'Etat (sur un texte auquel Grunebaum-Ballin aura travaillé) sont autant de conclusions logiques du débat fondamental posé, en termes personnels et contingents, par l'Affaire.*

Le fil ne commence à se dénouer, Blum l'a bien vu, que lorsque Clemenceau lui-même entreprend de réprimer férocement la contestation sociale. Mais aussi, à cette date-là, les socialistes, enfin unis autour de Jaurès, ont-ils quitté le bloc gouvernemental. Nul doute en effet que le socialisme moral qui fit l'originalité et, on le sait aujourd'hui[1]*, la fécondité politique d'un Jaurès et d'un Blum ne fût harmonique des engagements implicites de la coalition dreyfu-*

1. Plus encore depuis la chute du Mur. *(Note de 1993.)*

sarde. Flambeau de relais en relais : c'est dans ces Souvenirs *que Blum, au passage, parle de ce Jaurès « qui devait renouveler (sa) vie après sa mort ». Prochaine étape, le Front populaire. Le tout est écrit dans les jours qui suivent le baptême collectif du rassemblement, le 14 juillet 1935. Il y a bien du symbole là-dedans.*

LA NATION ?

Mais le symbole le plus fort est à chercher au-delà de nos frontières, dans le fait, clairement souligné par Blum (comme il l'avait déjà été par Proust dans La Recherche*), qu'il n'y eut jamais d'Affaire Dreyfus à l'étranger. Entendons par là que l'étranger, quand il lui arriva d'évoquer l'Affaire, conclut sans difficulté à l'innocence de notre coupable.*

Il serait absurde d'en tirer des conclusions désobligeantes sur l'esprit national, à la façon d'un quelconque essayiste pressé. De telles situations sont fréquentes : nous n'avons pas manqué de lucidité pour juger absurde l'acharnement américain au Viêt-nam, et les Américains avaient fait de même à notre égard dix ans plus tôt à propos de l'Algérie. En revanche, il est évident que la question nationale est au centre du centre de l'Affaire Dreyfus, comme elle n'a pas manqué de l'être quand, par la volonté de Vichy, il y eut, vers 1942, à Riom, une Affaire Blum.

Léon Blum avait pris congé de l'antisémitisme à la fin du XIXe *siècle. Trente-six ans plus tard, il le rejoignait, en la personne de Xavier Vallat, futur commissaire général aux questions juives de Pétain, qui, montant à la tribune le premier jour du gouvernement de Front populaire, énonça la fameuse insulte : « ce vieux pays gallo-romain va être pour la première fois gouverné par un Juif ». Un autre essayiste pressé a intitulé l'un de ses derniers opuscules* Pour en finir avec l'antisémitisme. *Les* Souvenirs *incitent à dire, au contraire : Pour n'en finir jamais avec la question juive. Mais il y a pour le moins deux façons de n'en point finir, toutes deux contenues dans l'Affaire, dans une large mesure issues d'elle. La façon Herzl et la façon Blum. Theodor Herzl, journaliste viennois, assiste à la dégradation de Dreyfus, aux manifestations de haine raciale dont elle s'accompagne. Il en déduit le sionisme. Il n'est ni le premier ni le plus cohérent, peu importe ; de ce jour, un mouvement systématique est engagé, dont il est impossible de dire aujourd'hui qu'il a atteint ses ultimes objectifs. Frère cadet des deux grands mouvements fin de siècle, la libération des peuples européens et l'expansion coloniale, fort peu contestés encore à cette époque, même à l'extrême gauche, le sionisme entretient d'évidentes relations dialectiques avec son ennemi originel : le national-racisme.*

Nier cette liaison reviendrait à postuler que l'antisémitisme serait un racisme pas vraiment comme les autres, donc à retourner le discours sur la « race des seigneurs ». On voit en quoi Herzl conforte Drumont, ou le second Bernard Lazare, le second Maurice Barrès. Avec cette contradiction dangereuse sur le long terme — par exemple, quand le dernier survivant d'Auschwitz sera mort, et le dernier Allemand honteux — : qu'il est impossible de défendre théoriquement le sionisme étatique à la Herzl au nom d'une conception universalisable, donc pouvant impliquer un non-Juif. Ou, plutôt, si : le non-Juif qui extrapole pour son propre compte la théorie sioniste existe ; c'est l'antisémite.

La solution Blum à la question juive et donc à toute la question nationale n'est pas l'assimilationnisme honteux. Qu'on relise seulement les lignes consacrées dans les *Souvenirs* à ces notables juifs désireux de se faire oublier à n'importe quel prix (on ne répétera jamais assez que le parangon de cette attitude fut Alfred Dreyfus lui-même). Absurdité mortelle : l'assimilationniste refuse de défendre le coreligionnaire innocent parce que monter une affaire Dreyfus réveillerait l'antisémitisme — alors qu'en réalité c'est l'antisémitisme, toujours bien éveillé, qui monte l'Affaire. Ceci posé, toute la démarche personnelle de Blum repousse avec la même vigueur le contre-exclusivisme qui, pour mieux conclure à l'expatriement, se refuse à prendre en compte le tenant et l'aboutissant de toute l'Affaire.

Blum rappelle opportunément le tenant, à savoir que c'est un non-Juif qui, par sa seule exigence morale, a permis à la vérité d'éclater au grand jour, le lieutenant-colonel Picquart. J'insisterai pour ma part sur l'aboutissant, cette date obstinément sous-estimée, comme une tache aveugle, de l'histoire du dreyfusisme : juillet 1906, cassation du jugement du conseil de guerre, réintégration de Dreyfus. En tant que grand débat de fond sur ce qu'est une identité nationale, l'Affaire Dreyfus ne s'achève que ce jour-là. Dans deux ans le fils d'immigrés italiens Emile Zola, écrivain français assassiné pour dreyfusisme, ira rejoindre Jean-Jacques Rousseau et Victor Schoelcher au Panthéon. Trop tard, diront certains, le mal est fait ? C'est précisément ce que répètent les extrémistes palestiniens quand ils parlent de l'Etat d'Israël...

En saluant en Bernard Lazare un homme « de la grande race, de la race prophétique », Blum ouvre une piste, peut-être sans le savoir. Il y a un témoignage d'Israël dans le monde (qui n'est d'ailleurs ni supérieur, ni inférieur à celui de n'importe quelle autre communauté). La solution Herzl en engage la qualité sur une pente régulièrement descendante. Près d'un siècle après la dégradation de Dreyfus, le sionisme d'Etat ne peut plus se soutenir qu'avec des arguments d'état de fait, ce qui le réduit au niveau du « témoignage» turc contre les Arméniens : il n'y a pas de problème palestinien, puisque nous sommes les plus nombreux et les plus forts. La solution Blum préserve cette qualité, en la maintenant à l'échelle humaine, qui en fait est la grande, l'échelle des principes universalisables.

Les Souvenirs sont écrits à la lumière des autodafés nazis. Dans trois ans, Blum, au lendemain de la Nuit de Cristal, précisera nettement, à l'adresse de sa communauté : « Il n'y a pas d'exemple dans l'histoire qu'on ait acquis la sécurité dans la lâcheté. » Dans *l'épreuve de 1948, il sera aux côtés de Chaïm Weizmann. Mais ce n'est pas un Juif-tout-court qui parle et agit, Juif de l'année prochaine à Jérusalem, Juif de ghetto dont le seul espoir est dans le départ, c'est un Français de la communauté juive et, en dernière instance, un démocrate socialiste, c'est-à-dire un défenseur de ce pluralisme culturel que refusent les intolérants des deux bords. « Je suis fier d'être Français », dit-il à Jules Renard, au cœur de l'Affaire, de ce patriotisme « dont le rêve serait de supprimer toute espèce de patriotisme ».*

Sans doute sur toutes ces questions la solution Blum tient-elle en un seul mot, la volonté, en une seule foi, le volontarisme. Oui, il y a des événements, et non pas un magma indistinct d'activités dérisoires à la surface d'un globe condamné ; oui, il y a des Justes, sel de la terre, et non pas un mixte variable d'imbéciles et de salauds ; oui, il y a des nations, pas des doubles appartenances. Les Souvenirs *n'auraient-ils que rappelé ces truismes-là, ce ne serait déjà pas si mal. Mais ils vont plus loin, en ce qu'ils relativisent immédiatement chacune de leurs réponses. Relativité de l'événement, érodé par l'histoire :* Amissis amicis *(aux amis perdus). Perdus par la mort, sans doute, mais aussi, pour certains, perdus de vue, par les bifurcations des chemins. Relativité du combat des Justes, plus encore : il n'y a pas de fatalité du mieux. Allons jusqu'au bout : l'Affaire Dreyfus supposait, avant toute chose, que deux conditions fussent réunies : que l'opinion publique française fût libre de s'exprimer, et que le capitaine Dreyfus n'ait pas saisi, dans une bouffée de désespoir, le pistolet que Du Paty de Clam lui tendit le 15 octobre 1894, pour qu'il en finît sans plus tarder, en « homme » ; combien d'affaires Dreyfus, à travers le monde, qui resteront à jamais inconnues ? Enfin, relativité de la dimension culturelle du problème, avec le chapitre final dans lequel surgit in extremis l'économisme du marxiste : tout compte fait, l'Affaire n'a remué que la surface de l'eau.*

Je quitte Blum ici. Ce qui va se passer en France quelques mois plus tard est un argument de poids en faveur de ce primat accordé à l'économique, mais comment ne pas voir aussi que ces réformes de 36 ont toutes leurs sources dans une détermination strictement morale, non fondée sur la pesée « réaliste » des intérêts personnels de ses initiateurs ? En termes marxistes, rien n'obligeait Engels à être autre chose qu'un patron du textile. Le Juste pèche parfois par excès de confiance en la force tranquille d'une morale universelle, mais certainement pas par cette confiance elle-même.

Allons, l'année prochaine en utopie.

Pascal Ory

AMISSIS AMICIS

Ce livre est la réunion de sept articles que *Marianne* a publiés entre le 24 juillet et le 7 septembre derniers. Je n'ai rien changé à leur texte improvisé. Pas plus en revisant les épreuves qu'en rédigeant les articles je ne me suis reporté aux documents originaux. Si j'avais seulement entrouvert la bibliothèque dreyfusarde, ma confession aurait pris l'air ou la prétention d'une histoire. Elle aurait perdu l'entière spontanéité qui fait probablement son mérite. Elle aurait cessé de me satisfaire moi-même. Le besoin que j'avais éprouvé était de laisser s'épancher librement en moi, puis hors de moi, le flot de souvenirs que la mort du capitaine Dreyfus avait fait jaillir.

En me livrant ainsi à ma mémoire, je m'exposais de parti pris à commettre beaucoup d'erreurs. Des amis et des correspondants que je remercie m'en ont en effet signalé quelques-unes. Elles se retrouveront dans mon texte, puisque je n'y ai pas touché. Mais, ne voulant pas les dissimuler au lecteur, je les ai signalées et rectifiées dans des notes.

L. B.

I

Quelques semaines après le procès de Rennes et la grâce, Félix Vallotton fit paraître un dessin que je vois encore. Le capitaine Dreyfus, grave et noir, était assis de face sur une chaise. Il faisait sauter sur ses genoux deux marmots joyeux, mais il détournait les yeux quand le plus petit lui demandait : « Père, une histoire !... »

Une histoire ? Le capitaine Dreyfus eût été incapable alors de conter la sienne. Il ne l'avait pas comprise ; il ne la savait pas. Il vient de mourir après trente ans d'effacement volontaire, lui qui avait rempli le monde de son nom, et peut-être l'avait-il oubliée. C'était un homme modeste, à l'esprit sérieux, qui n'avait rien du héros qu'un muet et inébranlable courage. Comme il était parfaitement simple, qu'il manquait de prestige, de panache et d'éloquence, il n'avait pas trouvé devant ses juges le « cri de l'innocence ». Dans les lettres qu'il écrivait à sa femme pendant ses cinq années d'Ile du Diable, on ne surprend pas le moindre mouvement de révolte. Le sens de la hiérarchie était si puissant en lui, qu'il ne se fiait qu'à ses chefs pour reconnaître et réparer l'erreur terrible ; cette confiance était son soutien. Il avait toujours obéi scrupuleusement à toutes les consignes ; il avait gardé un secret stoïque, même vis-à-vis de sa femme et de son frère Mathieu, au cours de l'instruction conduite par du Paty de Clam. Sa grandeur militaire était faite de servitude. Vraiment, il n'avait nulle affinité avec son « affaire », nulle vocation pour le rôle dont le chargeait un caprice de l'Histoire. S'il n'avait pas été Dreyfus, aurait-il même été « dreyfusard » ?

L'histoire qu'il n'a pas contée, je n'ai pas dessein de la refaire à mon tour, bien que l'ignorance et l'oubli l'aient peu à peu enveloppée. Les jeunes gens, et même les hommes d'aujourd'hui, sont comme Alfred Dreyfus à son retour de l'Ile du Diable : ils ne connaissent pas « l'Affaire », et surtout ils ne la comprennent pas. Je sais fort bien que, pour mon compte, j'ai vainement essayé d'y intéresser mon fils. J'essayais de lui faire sentir ce que « l'Affaire » avait été pour moi comme pour les autres hommes de mon âge ; mes paroles n'étaient pour lui que des mots. Les générations qui nous ont suivis ne peuvent plus se rendre compte que pendant deux interminables années, entre le début de la campagne de révision et la grâce, la vie s'est trouvée comme suspendue, que tout convergeait vers une question unique, que dans les sentiments intimes et dans les rapports interhumains, tout était interrompu, bouleversé, reclassé. On était dreyfusard ou on ne l'était pas. Depuis que j'avais quitté l'Ecole Normale, j'étais brouillé avec

Paul Dupuy et Victor Bérard ; nous sommes tombés, un matin, dans les bras les uns des autres en apprenant que nous combattions sous le même signe. J'ai cessé de voir pendant de longs mois un camarade aussi familier que Philippe Berthelot parce qu'il avait commenté sur un ton de sarcasme le discours de Scheurer-Kestner au Sénat. Sur tous les partis politiques, l'affaire exerçait un effet de discrimination ou de catalyse ; ils se décomposaient et se reformaient avec des éléments transposés. Des liens de connivence secrète et par conséquent de sympathie se nouaient par-delà les frontières. Un explorateur des régions antarctiques, après un hivernage sur la banquise, posait cette première question à l'expédition de secours : « Dreyfus est-il libre ? »

L'Affaire fut une crise humaine, moins étendue et moins longtemps prolongée mais aussi violente que la Révolution française ou que la Grande Guerre. Quel est le signe le moins incertain de ces crises de passion collective ? C'est, à mon sens, ce que j'appellerai la dépréciation de la valeur vitale. Suivant les périodes, les états, les moments, les hommes attachent plus ou moins de prix à la vie, à la leur propre comme à celle des autres. Que ce soit un symptôme ou un effet, on reconnaît les grandes secousses de type révolutionnaire au fait que le cours de la vie humaine tombe au plus bas. On meurt encore plus facilement qu'on ne tue. Si l'époque de la Terreur n'a laissé ni à ses témoins ni même à ses victimes l'impression d'épouvante que l'on suppose, la raison profonde en est là : le prix de la vie était nul, et l'on ne comprend plus rien aux événements ou aux personnages si on se place pour les juger dans une période tranquille, normale, dans un temps où la vie humaine vaut très cher. Quand j'évoque la phase aiguë de « l'Affaire », ce souvenir est le plus puissant de ceux qui affluent : ni pour mes amis, ni pour moi, la vie ne comptait ; nous nous serions sacrifiés, sans la moindre hésitation et surtout sans le moindre effort, à ce que nous tenions pour la vérité et pour la justice... et sans doute, quoique plus malaisément, aurions-nous sacrifié les hommes qui barraient la route à la justice et à la vérité.

Ce sont des impressions de cet ordre, c'est cette altération passionnée de l'existence que je voudrais, par-delà les années, rendre aujourd'hui sensibles ou intelligibles. Le seul moyen est de m'abandonner à ma mémoire, de noter presque passivement la confidence rétrospective que je me ferai à moi-même. Je ne retourne pas aux sources ; je ne cherche pas dans les textes des repères ou des vérifications. J'aime mieux risquer de-ci, de-là, quelque erreur de fait, qui se corrigera d'elle-même, plutôt que de tarir et de dessécher. Hélas ! en essayant cette conjuration évocatrice du passé, je vais m'entourer d'un cortège d'ombres. Jaurès et Clemenceau sont morts, Bernard Lazare et Lucien Herr sont morts, et Pressensé, et Picquart, et Scheurer-Kestner, et Zola, et France, et Mirbeau, et Anna de Noailles, et tous les autres. Dans le petit groupe des initiateurs et des protagonistes, qui donc survit encore ? Lucien Lévy-Bruhl, qui fut le lien entre Mathieu Dreyfus et Jaurès, Marcel

Prévost dont le rôle discret fut décisif, puisque c'est par son entremise que Zola fut mis en rapport avec Leblois, l'ami et le confident du colonel Picquart. Je commets peut-être quelque grossière omission ; s'il en est ainsi, que le camarade oublié me pardonne !

*

J'avais passé les vacances de 1897 à la campagne, très près de Paris. Pendant le mois de septembre, Lucien Herr, enfourchant sa bicyclette, venait me voir à peu près chaque après-midi. Il me dit un jour, à brûle-pourpoint : « Savez-vous que Dreyfus est innocent ? »

Dreyfus ? Qui cela, Dreyfus ? Il y avait tantôt trois ans que le capitaine Dreyfus avait été arrêté, condamné, dégradé, déporté. Le drame avait violemment secoué l'opinion pendant quelques semaines, mais, très vite, il avait été oublié, absorbé, aboli. Personne n'avait plus pensé à Dreyfus dans l'intervalle, et, pour reconstituer les événements qu'évoquait son nom, il fallait un effort de mémoire déjà difficile. On finissait par se souvenir qu'un capitaine d'artillerie avait été accusé de haute trahison et que la pièce sur laquelle se fondait l'accusation était le bordereau des pièces livrées par lui à l'Allemagne. Il n'y avait aucune raison de supposer que la procédure eût été affectée d'un vice quelconque, ni surtout que les juges se fussent prononcés sans preuves convaincantes. Les sept juges avaient été unanimes. Au reste, le soir de la dégradation militaire, en regagnant son cachot du Cherche-Midi, Dreyfus avait avoué son crime [1]. Voilà ce qui s'était passé en décembre 94, voilà ce que me répondait ma mémoire interrogée, et, depuis lors, rien n'était venu troubler ma pensée ni ma conscience.

Si, pourtant, en fouillant plus attentivement dans mes souvenirs, j'avais entendu parler de Dreyfus depuis décembre 1894. J'approchais alors de fort près un homme dont la mémoire m'est restée très chère, Michel Bréal. C'était bien par lui que j'avais entendu tenir des propos qui se résumaient à peu près ainsi : « Je n'ai pas à croire ou à ne pas croire à l'innocence de Dreyfus. Mais je ne crois pas à sa culpabilité, parce que la vie m'a instruit à ne croire que ce que je comprends. Or, je ne comprends pas le crime de Dreyfus. Et je ne comprends pas parce que, jusqu'à présent, on ne m'a fourni aucun mobile intelligible. J'écarte l'hypothèse d'une action humaine à laquelle il est impossible d'assigner des raisons... » C'est vrai, le « père Bréal » avait dit cela, devant moi. Par qui encore avais-je entendu prononcer le nom de Dreyfus ? Ah ! oui, par Bernard Lazare, un matin, à la *Revue Blanche,* dans le bureau de Lucien Muhlfeld. Bernard Lazare avait amené

1. Première erreur. Ce n'est pas le soir, en regagnant son cachot du Cherche-Midi, mais le matin, en le quittant, que Dreyfus, suivant la version officielle, avait fait l'aveu de son crime à un officier de la Garde Républicaine, le capitaine Lebrun-Renaud.

quelqu'un avec lui, quelqu'un qui n'était autre que Forzinetti, l'ancien commandant du Cherche-Midi, de la prison militaire où Dreyfus avait été écroué.

Je ne sais pas ce que le nom de Bernard Lazare signifie encore pour les jeunes gens et les hommes d'aujourd'hui. Mais il tenait une place notable dans la génération littéraire qui avait immédiatement précédé la mienne. Il en était le critique comme M. Henri de Régnier et Vielé-Griffin en étaient les poètes, comme Paul Adam en était l'essayiste et le romancier. Avec ce groupe d'amis, il avait fondé une petite revue qu'il dirigeait et qui se nommait : *les Entretiens politiques et littéraires.* Il commençait à « percer » dans la grande presse et dans le grand public. Tel est le Bernard Lazare que nous connaissions alors mais nous ne le connaissions pas tout entier. Il y avait en lui un Juif de la grande race, de la race prophétique, de la race qui dit « un juste » là où d'autres ont dit « un saint ».

Comment étaient nés dans son esprit la notion première de l'erreur, l'instinct premier de l'innocence ? Je ne l'ai jamais su exactement ; peut-être par contact avec Mathieu Dreyfus, le frère inébranlable ; mais ce qui est sûr, c'est qu'il était déjà convaincu de l'innocence et qu'il s'était voué à la réparation de l'erreur. Bernard Lazare fut le premier des « dreyfusards », celui dont sont issus presque tous les autres. Il était entré en rapport avec le commandant Forzinetti, mis à la retraite depuis 1894, et il avait acquis de lui la certitude qu'en dépit de la constatation prétendue de l'aveu, Dreyfus, de retour à la prison, n'avait cessé de se jurer innocent. Ce bordereau que les experts officiels avaient attribué à Dreyfus et que l'état-major avait cru habile de faire publier un jour en *fac-similé,* il l'avait soumis à des contre-experts dont les conclusions avaient été diamétralement opposées. Avec une abnégation admirable, sans se soucier des rebuffades, ni même des soupçons, il cherchait partout des appuis, il allait colporter de maison en maison le témoignage de Forzinetti et le rapport des contre-experts. Il avait rédigé et signé une petite brochure qu'on criait sur le boulevard. Je rappelle cette brochure, chemin faisant, parce qu'elle fut le point de départ d'une des deux filières qui conduisirent au vrai coupable. Le remisier Castro ou de Castro, attendant son *omnibus,* un jour de pluie, au bureau-refuge du boulevard des Italiens, l'acheta par désœuvrement à un camelot, et, sur le *fac-similé* du bordereau qui y était reproduit, lut l'écriture familière d'Esterhazy.

La visite matinale de Bernard Lazare aurait donc dû me troubler ; sa conviction aurait dû pénétrer en moi. Cependant je l'avais entendu avec un préjugé incrédule, comme tant d'autres, sans ouvrir vraiment mon attention. Peut-être même l'avions-nous raillé, Muhlfeld et moi, après qu'il avait quitté le petit bureau de la rue Laffitte. Je n'étais pas fier de ce souvenir, qui ne remontait pas très loin ; mais j'en retrouvais un autre, plus récent encore, et que je relate ici parce que l'anecdote, traitée par un homme du métier, serait comique.

J'habitais à Paris le rez-de-chaussée d'une maison

de la rue du Luxembourg dont un haut dignitaire du Corps des Mines, nommé, je crois bien, M. Lender, occupait un étage. M. Lender recevait régulièrement à dîner, et Arthur Fontaine, le fondateur de la Législation Internationale du Travail qui, lui aussi, appartenait par son origine au Corps des Mines, était un des hôtes assidus de la famille. Parfois, en descendant de chez M. Lender, il sonnait à ma porte. Il m'avait ainsi conté, riant encore, la scène à laquelle il venait d'assister. A table, pour animer la conversation, un officier avait dit à ses voisins : « Vous savez que je suis chef d'un des bureaux de l'Etat-major. Figurez-vous que nous sommes sur la piste d'une très sérieuse histoire. Un syndicat juif, syndicat international, disposant de ressources illimitées, s'est constitué pour délivrer le traître Dreyfus. Nous sommes avertis. Nous savons même le nom du faux coupable qu'on veut lui substituer. » L'affaire était à tel point oubliée qu'un des convives, camarade et ami d'Arthur Fontaine, interrompit l'officier : « Dreyfus ? Je me rappelle vaguement le nom, mais je ne me rappelle plus rien de l'histoire. » — « Comment, voyons, vous ne vous souvenez pas ?... » et l'officier, avec élégance et précision, entama le récit de l'affaire. L'ami d'Arthur Fontaine écoutait avec une application parfaite. Quand la narration fut achevée, il déclara du ton le plus doux et le plus posé : « Mais, mon colonel, si les choses se sont passées comme vous venez de nous le raconter, Dreyfus est innocent... » L'officier s'exclama avec colère : « Comment !... vous êtes donc d'accord avec ces scélérats ! Mais Dreyfus... » L'ami d'Arthur Fontaine répétait cependant avec une obstination de plus en plus douce : « Pardon ! J'avais oublié jusqu'au nom de Dreyfus. Je ne sais de son histoire que ce que vous m'en avez appris vous-même. Je ne juge que sur les données que vous m'avez vous-même fournies. Si elles sont exactes, il ne peut y avoir de doute pour aucune personne de bon sens : Dreyfus est innocent... » Le dialogue tournait mal, et le maître de la maison eut toutes les peines du monde à l'interrompre. L'officier s'appelait le colonel Roget. Je ne nommerai pas son interlocuteur qui est encore plein de vie, et qui se reconnaîtra s'il me lit.

*

Michel Bréal était Juif, Bernard Lazare était Juif, le colonel Roget dénonçait d'avance un complot juif. Il ne faudrait pas du tout croire, cependant, que dans les milieux juifs que je fréquentais alors — milieux de bourgeois moyens, de jeunes littérateurs, de fonctionnaires — il existât la moindre prédisposition au dreyfusisme. A l'époque où je me place, on n'eût rien constaté de pareil. En thèse générale, les Juifs avaient accepté la condamnation de Dreyfus comme définitive et comme juste. Ils ne parlaient pas de l'affaire entre eux ; ils fuyaient le sujet bien loin de le soulever. Un grand malheur était tombé sur Israël. On le subissait sans mot dire, en attendant que le temps et le silence en effacent les effets.

La masse juive accueillit même avec beaucoup de

circonspection et de méfiance les débuts de la campagne de révision. Le sentiment dominant se traduisait par une formule comme celle-ci : « C'est quelque chose dont les Juifs ne doivent pas se mêler... » Dans ce sentiment complexe, tous les éléments n'étaient pas d'égale qualité. Il y avait, certes, du patriotisme et même un patriotisme ombrageux, le respect de l'armée, la confiance dans ses chefs, une répugnance à les considérer comme partiaux ou comme faillibles. Mais il y avait aussi une sorte de prudence égoïste et timorée qu'on pourrait qualifier de mots plus sévères. Les Juifs ne voulaient pas qu'on pût croire qu'ils défendaient Dreyfus parce que Dreyfus était Juif. Ils ne voulaient pas qu'on pût imputer leur attitude à une distinction ou à une solidarité de race. Ils ne voulaient pas surtout, en se portant à la défense d'un autre Juif, fournir un aliment à la passion antisémite qui sévissait alors avec une intensité très appréciable. L'arrestation, la condamnation avaient déjà nui aux Juifs ; il ne fallait pas que la campagne de révision les compromît davantage. Les Juifs de l'âge de Dreyfus, ceux qui appartenaient à la même couche sociale, qui, comme lui, ayant franchi des concours difficiles, s'étaient introduits dans le cadre des officiers d'Etat-major ou dans les corps d'administration civile les plus recherchés, s'exaspéraient à l'idée qu'un préjugé hostile vînt borner leurs carrières irréprochables. Après avoir excommunié le traître, ils répudiaient le zèle gênant de ses avocats. Tout compte fait, pour reprendre une vue exacte de l'état d'esprit que j'essaie de décrire, il n'y a qu'à regarder aujourd'hui autour de soi. Les Juifs riches, les Juifs de moyenne bourgeoisie, les Juifs fonctionnaires avaient peur de la lutte engagée pour Dreyfus exactement comme ils ont peur aujourd'hui de la lutte engagée contre le fascisme. Ils ne songeaient qu'à se terrer et à se cacher. Ils s'imaginaient que la passion antisémite serait détournée par leur neutralité pusillanime. Ils maudissaient secrètement ceux d'entre eux qui, en s'exposant, les livraient à l'adversité séculaire. Ils ne comprenaient pas mieux qu'ils ne le comprennent aujourd'hui qu'aucune précaution, aucune simagrée, ne tromperaient l'adversaire et qu'ils restaient les victimes aussitôt offertes de l'antidreyfusisme ou du fascisme triomphants.

C'est pourquoi, en septembre 1897, quand Lucien Herr venait me voir l'après-midi à la campagne, un Juif moyen, tel que je l'étais, inconsciemment soumis à l'équilibre de la famille et des fréquentations ordinaires, n'avait pas de vocation plus marquée que tout autre à recevoir la grâce dreyfusarde. En revanche, la parole de l'apôtre était celle qui pouvait agir le plus impérieusement sur moi. J'avais connu Herr sept ans auparavant, à la place où il a volontairement enfermé sa vie entière, c'est-à-dire à la Bibliothèque de l'Ecole Normale. Au cours des toutes dernières années, une intimité familière, quotidienne, s'était formée entre nous. Mais, dans l'ascendant qu'il exerçait sur moi, il y avait quelque chose que l'amitié ne suffisait pas à expliquer et que je voudrais rendre sensible à ceux qui ne l'ont pas connu. En aidant à l'intelligence de son personnage, j'apporterai d'ailleurs une contribution plus précieuse qu'on ne croit à l'histoire de notre temps. C'est Herr qui avait amené Jaurès au socialisme, ou, pour parler plus exactement, c'est Herr qui avait amené Jaurès à prendre claire conscience de ce qu'il était socialiste. C'est lui qui, avec Lucien Lévy-Bruhl, venait de convaincre Jaurès de l'innoncence de Dreyfus. C'est lui qui allait susciter et diriger le mouvement des « intellectuels » quittant la paix du laboratoire ou du cabinet, pour se jeter dans la bataille dreyfusiste. C'est lui qui allait fonder, avec Charles Péguy, cette « Librairie Bellais » où toute la jeunesse socialiste et dreyfusarde trouva son centre de ralliement et d'action. C'est lui qui, pendant trente ans encore, jusqu'à son dernier jour, devait rester pour l'élite universitaire le confesseur, le convertisseur, le guide, et, pour tant d'hommes publics, le confident, le directeur de conscience et de pensée.

La force de Herr, sa force incroyable et vraiment unique, car je ne l'ai jamais constatée au même degré chez personne, tenait essentiellement à ceci : en lui, la conviction devenait évidence. La vérité était conçue par lui avec une puissance si complète, si tranquille, qu'elle se communiquait sans effort et comme de plain-pied à son interlocuteur. La possibilité même d'une discussion semblait écartée. De tout son être émanait cette assurance : « Oui, je pense ceci, je crois cela ; il est absolument impossible à un individu d'une certaine qualité de ne pas le penser ou de ne pas le croire », et l'on s'apercevait qu'en effet, on pensait, on croyait comme lui ; on avait même l'impression, ou l'illusion, d'avoir toujours porté secrètement cette même pensée ou cette même croyance. On ne savait plus s'il vous avait persuadé ou s'il vous avait révélé à vous-même. Pour prendre le terme dans son acception familière, nul homme ne « possédait » si naturellement un autre homme. Une emprise physique ajoutait à cet ascendant de raison, car il avait une taille de bon géant, un crâne démesuré, une parole sans dureté et même tendre, mais qui dénudait tout, bousculait tout, un regard où l'autorité se mêlait de sollicitude. Tel était l'homme qui m'avait affirmé à brûle-pourpoint, pendant que nous marchions ensemble dans une allée de jardin : « Dreyfus est innocent » et qui, me voyant saisi et déjà presque conquis par sa voix, m'énonçait alors l'un après l'autre les faits, les arguments, les preuves.

*

Le bagage dreyfusard, si je puis dire, se composait alors de deux apports, distincts par leur origine, mais qui venaient de se confondre. Il s'était formé par la conjonction du travail de Bernard Lazare et des découvertes du colonel Picquart. De Bernard Lazare venaient la destruction de la légende de l'aveu, la découverte de l'identité entre l'écriture du bordereau et celle d'Esterhazy. De Picquart venaient les informations positives sur le contenu du dossier de l'accusation et du dossier secret, et surtout la révélation du document qui portait contre Esterhazy l'imputation décisive, le « petit bleu » de l'attaché militaire Schwarzkoppen. Chef du 2e Bureau de l'Etat-major, Picquart avait tenu entre ses mains le « petit bleu » ; il avait dénoncé à ses chefs l'erreur terrible ; on lui avait répondu par la disgrâce et la déportation. Mais, avant de partir pour la garnison perdue de Tunisie d'où il n'était pas sûr de revenir vivant, il avait laissé à un compagnon d'enfance, l'avocat Leblois, ses confidences presque posthumes. Leblois s'était confié à son tour au sénateur Scheurer-Kestner ; Scheurer-Kestner avait informé Mathieu Dreyfus. Or, Lucien Herr avait recueilli directement la source Bernard Lazare, et, par Lévy-Bruhl, la source Picquart-Mathieu Dreyfus. Le système des preuves s'était ajusté, complété dans son esprit. La certitude était si claire à ses yeux qu'il ne concevait pas qu'elle pût ne pas être partagée, et je la partageais en effet. Jaurès n'éprouvait pas plus de doutes que lui. Il avait déjà convaincu, ou se proposait de convaincre dès son retour à Paris, les amis qui formaient son groupe familier, Charles Seignobos, Charles Andler, Paul Dupuy, Victor Bérard, Arthur Fontaine, le docteur J.-P. Langlois... Et bientôt, on allait se mettre en route, on allait engager la campagne publique, campagne de presse, campagne parlementaire s'il en était besoin. Nul, au Sénat, n'inspirait plus de respect que Scheurer-Kestner. Jaurès rentré à la Chambre depuis quatre ans comme élu socialiste de Carmaux, régnait par son éloquence souveraine. Le dossier, tel qu'on le possédait, suffisait à toute démonstration. Au reste, on n'avait ni le temps, ni le droit d'attendre. Car enfin, il n'y avait pas seulement le procès Dreyfus ou l'affaire Dreyfus. L'erreur judiciaire avait un corps. Là-bas, à des milliers de kilomètres, un innocent torturé succombait sous une accumulation presque inouïe de souffrances. Il fallait délivrer ce malheureux en même temps que venger la vérité. La vérité aurait pu attendre, à la rigueur, mais pas l'homme. Aussi la résolution était-elle prise. Sitôt les vacances achevées on réhabiliterait devant le pays le nom de l'innocent, et on lui livrerait celui du coupable.

II

Quand on se représente avec le recul de l'histoire les deux années qui se sont écoulées entre les premiers articles du *Figaro* et la grâce de Dreyfus, ces deux années de tumulte, de passion, de véritable guerre civile, il y a quelque chose qu'il est difficile d'imaginer : c'est l'état d'esprit du petit groupe d'hommes qui, avant l'ouverture de la campagne, délibéraient entre eux, confrontaient les textes, ajustaient les preuves. Ces dreyfusards de la veille furent entièrement décontenancés par « l'Affaire Dreyfus ». Ils avaient tout prévu, sauf ce qui devait arriver. Ils avaient tout calculé, hors la résistance et la bataille.

Ils méritent quelques excuses, et je voudrais témoigner pour eux. Que le lecteur veuille bien faire un effort et qu'il tâche de « se mettre à leur place ». J'ai placé la scène au début de l'automne 1897. Les résultats de l'enquête Bernard Lazare et les confidences léguées par le colonel Picquart à la veille de son départ pour le Sud tunisien se sont alors rejoints et assemblés. Le dossier de l'innocence permet déjà de détruire tous les arguments de l'accusation. Dreyfus a été condamné comme auteur du document connu sous le nom de « Bordereau ». Or les expertises et contre-expertises d'écriture permettent de récuser cette attribution, déjà tenue pour incertaine par les juges de 1894. Les rapports de police soumis au Conseil de guerre ont tâché de rendre plausible la trahison ; ils ont suggéré des explications d'ordres divers, celles qui se rencontrent couramment dans cette catégorie d'affaires : habitudes de jeu, intrigues de femmes, besoin d'argent. Or, tous les faits allégués ou suggérés dans les rapports de police sont mis à néant par des vérifications ultérieures. Des notes officielles ont affirmé que Dreyfus, au retour de la parade de dégradation, avait avoué son crime. Or, des attestations irrécusables montrent qu'il n'a cessé de s'en défendre, simplement sans doute, car sa nature était réfractaire aux éclats de voix et de geste, mais avec un sombre et tenace désespoir. Il est donc impossible d'établir que Dreyfus soit l'auteur matériel du Bordereau. Il est impossible de découvrir au prétendu crime des mobiles intelligibles. Il est impossible de suppléer aux preuves absentes par la preuve suprême de l'aveu.

Nous savions tout cela, et, la charge de la preuve incombant à l'accusation dans toute justice civilisée, nous avions le sentiment que, de la sentence rendue contre Dreyfus, rien ne demeurait debout, qu'elle s'était dissociée, effondrée, évanouie sous nos yeux. Quand les preuves de la culpabilité ont disparu, il ne reste plus rien qu'un innocent. Mais il y avait mieux.

Bien que la démonstration complète et topique ne dût être fournie que plus tard, de puissantes présomptions permettaient déjà de supposer que la sentence était frappée de nullité juridique, qu'elle était viciée par la plus grave de toutes les illégalités. Il ne s'agissait pas d'une de ces erreurs ou d'une de ces omissions purement formelles dont l'avocat prend acte au cours d'un débat d'assises. Non, le droit de la défense avait été outrageusement violé. Pour arracher le verdict de culpabilité à des juges hésitants, et qui hésitaient précisément devant l'absence de preuves, on s'était introduit dans leur délibération, on leur avait exhibé un « dossier secret », des « pièces secrètes », si secrètes qu'elles ne pouvaient même pas être livrées à une procédure de huis clos. Ces pièces avaient entraîné la conviction du conseil de guerre, mais ni Dreyfus, ni son défenseur Demange ne les avaient connues, n'avaient pu les discuter. Nous n'étions pas encore en état d'établir cette illégalité, qui fut le thème dominant de la campagne de Clemenceau dans l'*Aurore,* qui provoqua l'entrée en lice d'hommes comme Trarieux. Mais nous connaissions le point de départ des filières ; nous savions quels témoignages pourraient être invoqués ; nous étions convaincus que les juges de 1894 seraient les premiers à convenir de la réalité d'un fait dont ils n'avaient nullement aperçu la gravité. Ainsi nous savions le néant de l'accusation ; nous étions au fait de l'illégalité, mais il y avait mieux encore : nous connaissions, nous pouvions nommer *le vrai coupable.*

Quelle chance inespérée ! Quand donc les hommes qui ont entrepris de faire reconnaître une erreur judiciaire ont-ils été favorisés de cette bonne fortune ? Rien n'est plus rare, ni plus malaisé que de fournir la preuve *positive* de l'innocence, et c'est pourquoi, devant toute justice civilisée, la preuve *négative* suffit. Je suis innocent si j'ai infirmé devant le juge les faits articulés à l'appui de l'accusation. Mais sur la réalité ou sur la pertinence de ces faits, la controverse peut se rouvrir. J'y coupe court si je fournis la preuve positive par excellence, si je désigne et confonds le vrai coupable. Si tel ou tel individu est convaincu d'avoir commis l'acte qui m'était imputé, c'est que je ne l'ai pas commis moi-même ; Dreyfus ne peut pas avoir écrit le Bordereau si l'auteur du Bordereau se nomme Esterhazy. Grâce à M. de Castro, grâce surtout au colonel Picquart, la preuve positive était dans nos mains. Nous étions en état de l'administrer, et avec quelle évidence, avec quel éclat lumineux ! Quand on plaçait côte à côte le fac-similé du Bordereau et la photographie d'une lettre d'Esterhazy, les expertises ou contre-expertises d'écriture devenaient parfaitement superflues ; l'identité sautait aux yeux, car, en écrivant le Bordereau, Esterhazy ne s'était pas donné la moindre peine pour déformer son écriture naturelle... La biographie du « Uhlan » n'était pas encore connue dans tous ses accidents ; en particulier, la fameuse correspondance avec sa cousine de Boulancy n'a été révélée que de longs mois après le moment où je me place. Mais les premières informations recueillies avaient permis d'apercevoir ce qui faisait si complètement défaut dans l'acte d'accusation contre Dreyfus, c'est-à-dire les « mobiles intelligibles » d'une trahison. Esterhazy apparaissait déjà comme un aventurier cosmopolite, comme un mercenaire sans scrupules, perdu de dettes et de vices. Enfin le « petit bleu » offrait un recoupement définitif et irrécusable ; il montrait que, trois ans après le transport de Dreyfus à l'Ile du Diable, l'attaché militaire Schwarzkoppen s'adressait à Esterhazy comme à l'un de ses informateurs et fournisseurs ordinaires. Esterhazy n'était pas seulement l'auteur fortuit du Bordereau ; il était un espion et un traître professionnel.

Devant un tel faisceau de documents et de faits, aucune trace de doute ne traînait dans notre esprit. Notre certitude était pure, entière, sérieuse, et nous étions convaincus qu'elle serait spontanément partagée par l'univers entier, dès que l'univers serait au fait de ce que nous avions appris nous-mêmes. Cette illusion doit sembler extraordinaire aujourd'hui, après coup, quand on considère ce qui s'est passé, mais je crois qu'on la jugera naturelle si l'on a fait l'effort de « se mettre à notre place ». Les dreyfusards ont été accusés d'avoir machiné un perfide complot pour diviser et déchirer la France. Mais au contraire, ils ne soupçonnaient pas, et je pense qu'ils ne pouvaient pas soupçonner qu'il y aurait une affaire Dreyfus. Tout était pour eux clair, lumineux, évident et ils ne mettaient pas en question que la raison universelle dût être saisie par cette évidence. Pour l'instant, dans cette fin de vacances, l'opinion publique était calme, indifférente ; elle n'était instruite de rien, elle ne s'attendait à rien. Mais, dès que la vérité lui serait produite, quel cri généreux on entendrait s'élever dans la France entière ! La nation s'était trouvée unanime pour détester le crime ; elle se retrouverait unanime pour proclamer et pour réparer l'erreur ! Trois ans plus tôt on s'était demandé quels supplices pourraient suffisamment châtier le traître ; on allait se demander quels témoignages, quelles récompenses pourraient suffisamment réhabiliter la victime ! Ceux qui, pour leur malheur, avaient été le plus directement mêlés à la fatale aventure, les juges de Dreyfus, ses camarades, ses chefs, seraient les premiers à professer leur aveu, à confesser leurs remords ! Cette perspective nous enchantait. Le seul sentiment aigu, inquiet, qui pût trouver place en nous était l'impatience. Car enfin, avant de revenir en France sous les bravos et sous les fleurs, consolé par la commisération de tout un peuple, l'innocent était toujours là-bas, aux fers sur son rocher torride. Il serait libéré dès que la vérité deviendrait publique, mais quand le deviendrait-elle ? Quel serait le moment choisi ? Et nous comptions fébrilement les jours.

*

J'ai mis quelque insistance à décrire cette aberration à la fois étrange et explicable du petit groupe d'hommes auquel m'avait agrégé l'amitié de Lucien

Herr. Je l'ai fait parce que mon récit apporte, je crois, quelque chose de neuf à l'histoire « romancée » de l'Affaire, mais surtout parce qu'il en fera mieux comprendre certains aspects. Les premiers dreyfusards tombèrent de haut. Mais plus puissante avait été leur croyance illusoire en l'accueil, la bienvenue, le consentement universels, plus cruelle fut leur déception, plus véhémente fut leur révolte. Je retrouve en moi le souvenir d'heures à la fois désespérées et furieuses. Pourquoi s'opposait-on ainsi à la vérité, à la justice ? Que signifiaient cet aveuglement ou cette méchanceté des hommes ? Quels étaient les raisons, les intérêts, les passions qui pouvaient résister avec cette obstination enragée à la simple réhabilitation d'un innocent ? Car, à notre immense stupeur, la résistance s'était organisée instantanément. A peine ébranlée par les premières révélations, on la sentit se reformer aussitôt, plus dense encore, et plus agressive. Rien ne devait la décourager, pas même le coup de rasoir du colonel Henry, pas même l'enquête de la cour de Cassation, pas même son arrêt définitif. A chaque fait établi et acquis en faveur de l'innocence devaient répondre de nouvelles machinations ou de nouvelles fabrications : le premier dossier secret, celui de 1894, corroboré par le second, celui de Cavaignac ; les faux justifiés par d'autres faux ; les juges civils discrédités ou dessaisis à mesure qu'ils penchaient vers la révision, le système du faux patriotique, la légende du faux impérial. En fin de compte la résistance des « patriotes » alla jusqu'à la tentative de coup d'Etat : le jour des obsèques de Félix Faure, dans la cour de la caserne de Reuilly, Paul Déroulède essaya d'entraîner sur l'Elysée les régiments du général Roget. Pourquoi n'acceptait-on pas que Dreyfus fût innocent, ou plutôt pourquoi n'acceptait-on pas que son innocence fût reconnue ? Comment des gens sincères ont-ils été antidreyfusards ? Comment d'honnêtes gens se sont-ils délibérément proposé pour but de sauver à tout prix cet Esterhazy que, dans leur for intérieur, ils qualifiaient tous comme nous, c'est-à-dire comme un gredin du plus bas étage ? Qu'est-ce qui les animait ? qu'est-ce qui les dirigeait ? Aujourd'hui, à trente-cinq ans de distance, envisageant ce passé avec une raison mûrie et refroidie, il me semble que des éléments d'intelligence me manquent encore.

Je me rends compte assurément, et mes plus proches amis en eurent le sentiment à l'heure même, que la campagne de révision fut engagée avec gaucherie, avec embarras, par conséquent avec maladresse. Nous nous étions imaginé que l'opinion serait surprise et conquise d'un coup, comme nous l'avions été nous-mêmes, par une divulgation soudaine, totale, irrésistible de la vérité. C'est ainsi que nous avions conçu l'opération : toutes les lueurs projetées à la fois, toutes les vannes ouvertes, quelque chose d'éblouissant et de torrentiel. Pas du tout, le journal qui s'était offert le premier à la cause révisionniste, le *Figaro,* procéda par une instillation goutte à goutte ; on vit se succéder de jour en jour de courtes notes, habiles, enveloppantes, progressives, pleines de mots couverts et de sous-entendus intelligibles pour les seuls initiés, qui sans doute piquaient la curiosité, mais qui éveillaient aussi une sourde méfiance. « Qu'est-ce que cela veut dire ? Où veut-on en venir ? Qu'y a-t-il là-dessous ? » De telles interrogations préparaient mal au grand soulèvement enthousiaste dont le mirage nous avait enchantés. Je me rappelle parfaitement combien Barrès, durant les quelques semaines de flottement où il hésitait encore sur son parti définitif, fut irrité par cette préparation, lente, insinuante, détournée, qui laissait visiblement entendre plus qu'elle ne disait, mais qui peut-être aussi tâchait de faire soupçonner plus qu'elle ne savait. Dans cette critique rétrospective des opérations, je suis obligé de marquer ici l'erreur funeste que commirent les stratèges supérieurs de la campagne révisionniste, c'est-à-dire Mathieu Dreyfus et ses conseillers intimes, Scheurer-Kestner et Joseph Reinach, erreur que les circonstances du moment excusent d'ailleurs en grande partie.

D'abord, pour lâcher toute la vérité, pour projeter toutes les lueurs et ouvrir toutes les vannes, il aurait fallu « découvrir » à fond le colonel Picquart. Picquart, protestant strasbourgeois [1], benjamin de la haute armée, destiné d'avance aux plus grandes charges militaires, n'était pas seulement la caution

1. Le colonel Picquart n'appartenait pas à une famille protestante, mais catholique. Il était lui-même catholique pratiquant comme tous les siens. Je l'avais su, mais j'aurais dû m'en souvenir. Cette erreur m'a été signalée par un membre honoraire de l'Université, qui porte un nom respecté dans l'histoire de l'Ecole Républicaine.

morale de l'innocence ; la preuve matérielle, la preuve positive reposait pour la plus large part sur son témoignage. Or, Picquart était soldat, astreint à la discipline et au silence que la discipline implique. Comme il ne voulait pas « emporter son secret dans la tombe » il s'était confié à son ami Leblois, au moment de quitter Paris pour sa dangereuse garnison tunisienne. Mais il n'avait pas autorisé Leblois à jeter son nom, son grade, les secrets surpris grâce à son emploi, dans une controverse publique qui pouvait atteindre certains de ses camarades et de ses chefs. Leblois et Scheurer-Kestner, dépositaires direct et indirect de la confidence, n'osaient ni forcer les intentions de Picquart, ni devancer ses résolutions. Mathieu Dreyfus, dans sa grandeur chevaleresque, s'en remettait à Leblois et à Scheurer-Kestner ; il se refusait à payer le salut de son frère au prix d'un abus de confiance moral commis contre Picquart. Il y avait là sujet à ces grandes délibérations qui font la substance de nos tragédies et où les opinions antagonistes sont également nobles ; mais, en attendant, l'attaque sur l'opinion publique vacillait, titubait, parce que ce débat de conscience faisait trembler les mains qui la dirigeaient.

Voilà la première explication ; j'en aperçois une seconde qui, d'ailleurs, se lie quelque peu à la première. En ce début de l'affaire, ni Joseph Reinach, ni Scheurer-Kestner, ni par conséquent Mathieu Dreyfus ne désespéraient de la régler par voie d'entente amiable avec le gouvernement. S'ils avançaient à pas si comptés, si ménagés, c'était assurément par scrupule vis-à-vis de Picquart, c'était aussi pour se donner le temps de négocier avec le Ministère et pour ne pas compromettre le succès de la négociation par le scandale. Quel était le but? Réparer une iniquité, sauver un homme. Quel était le moyen ? La révision juridique de la condamnation qui avait frappé Dreyfus. C'est au gouvernement que la loi française remet le pouvoir exclusif d'ouvrir une procédure de révision. Rien n'était donc possible sans le gouvernement ; si le gouvernement convaincu tombait d'accord, tout s'arrangeait de soi-même, il n'y avait plus de question, il n'y avait pas « d'Affaire ». Or, le chef du gouvernement d'alors, Jules Méline, son ministre de la guerre, le général Billot, étaient, tout comme Joseph Reinach et Scheurer-Kestner, d'anciens amis ou d'anciennes créatures de Gambetta. Ils avaient appartenu, les uns comme les autres, au cercle intime des fidèles ; la piété commune vis-à-vis du Maître les avait liés d'une étroite solidarité. Joseph Reinach et Scheurer-Kestner se croyaient en droit de compter sur Méline et sur le général Billot. Je ne mets pas en doute que leur illusion ait été soigneusement entretenue par le président du Conseil et par son ministre de la Guerre. Ni Jaurès, ni Herr, ni sans doute Clemenceau ne la partageaient. Ils ne croyaient pas à la bonne foi de Méline. Ils déploraient le temps passé et l'occasion perdue. Ils sentaient bien que la chance de Dreyfus dépendait des premiers coups frappés, qu'elle était suspendue à une commotion, à un effet de surprise et de saisissement, et c'est cette chance que l'on gâchait. On ne gagnerait pas Méline et Billot qui « roulaient » visiblement les dreyfusards, ne cherchaient qu'à gagner du temps, qu'à amortir l'attaque, qu'à organiser la défense. Au lieu de trafiquer avec ces deux malins, il fallait marcher de l'avant, sans crier gare, sans se laisser arrêter par rien ; il fallait tout clamer, tout bousculer. Ce fut la première divergence sensible entre ceux que j'appellerai, pour marquer une différence de tempérament autant qu'une dissemblance d'esprit, les politiques et les révolutionnaires. Au cours de « l'Affaire » ce litige devait se reproduire plus d'une fois et l'occasion la plus dramatique fut la grâce. Peut-être Mathieu Dreyfus, s'il n'avait cédé qu'à son inclination naturelle, eût-il penché du côté de Jaurès plutôt que du côté de Reinach. Mais il était le représentant, le tuteur du frère absent ; le capitaine Dreyfus n'ayant jamais attendu qu'une réparation régulière et hiérarchique, Mathieu exécutait cette volonté.

A ces raisons déjà fortes je veux en ajouter encore une qui étonnera probablement mes lecteurs. Le détail où je vais entrer est à peu près inédit, je crois, et il permettra de juger avec quel optimisme candide, avec quelle ingénuité fut engagée la campagne dreyfusiste. Ces courtes notes du *Figaro,* si lourdes de mystère pour le lecteur banal, il y avait du moins un être au monde à qui leur sens redoutable ne pouvait échapper, c'était le vrai coupable, c'était Esterhazy. Esterhazy savait bien, lui, qu'il était le coupable. Il pouvait comprendre du premier coup d'œil qu'il était découvert, que les preuves de son crime étaient réunies, qu'il était guetté par le châtiment. Quel serait son réflexe instinctif de défense ? Très probablement la fuite. Oui, nous avons vécu, quelques semaines durant, dans l'espérance qu'Esterhazy démasqué passerait un beau matin la frontière. Dreyfus n'avait jamais avoué, mais, à tout l'appareil amassé contre Esterhazy, nous pourrions ajouter cet aveu tangible, patent : la fuite. Nous nous disions : il sera parti avant que nous ayons pris le temps de le nommer. Un curieux incident se produisit alors. Le *Figaro,* sans prononcer encore le nom d'Esterhazy, l'avait désigné par un petit jeu de précisions et de périphrases. Un autre journal, je ne sais lequel, poursuivit ce jeu ; il rechercha dans les annuaires à quel officier pouvaient s'appliquer les précisions et périphrases du *Figaro,* mais il tomba mal, et il imprima en toutes lettres le nom d'un autre officier qui, de près ou de loin, n'avait quoi que ce soit de commun avec l'affaire. Ce nom traîne encore dans ma mémoire, mais je n'ai nulle raison de l'en tirer. Un grand débat divisa les stratèges. Ne valait-il pas mieux laisser les choses en suspens, attendre encore avant de dénoncer nominativement le « Uhlan » ; la chance n'était pas épuisée, il pouvait fuir encore. Mathieu Dreyfus trancha le cas à sa façon ordinaire. Il ne pouvait pas supporter l'idée que l'ombre d'un soupçon continuât à peser sur un honnête homme, et comme l'unique moyen de l'en dégager absolument était de mettre les points sur les *i* et le nom sur les périphrases, il décida qu'Esterhazy serait mis personnellement en cause sans autre délai.

On pourra railler notre naïveté, mais nous déplorâmes entre nous ce contretemps qui nous paraissait funeste. Qui sait ? après un « cuisinage » prolongé de quelques jours Esterhazy aurait peut-être pris le train pour la Belgique, ou même pour l'Allemagne ! La tactique du « goutte à goutte », contre laquelle nous nous étions vainement gendarmés, était désormais frustrée du seul avantage appréciable qu'on pût en attendre... Nous ne nous doutions pas le moins du monde qu'Esterhazy était de longue main averti de tout, préparé à tout. Il n'aurait pris le train pour Bruxelles ou pour Berlin ni la semaine suivante, ni le mois suivant. Il était résolu à faire tête parce qu'il savait que les plus puissants protecteurs étaient résolus à faire tête pour lui. Depuis l'enquête de Picquart et son départ du ministère de la Guerre, l'arsenal de défense s'était muni de toutes les armes nécessaires. Il y avait réplique à tous les arguments, à tous les faits, à tous les documents. La fausse pièce où figurait en toutes lettres le nom de Dreyfus était déjà sous sa cote dans le coffre-fort du Deuxième Bureau. Le scénario de l'intrigue tendant à arguer de faux le « petit bleu », et par conséquent à disqualifier Picquart était établi. Des lignes de repli successives étaient déjà aménagées. En un mot, sans que nous eussions le plus léger soupçon, la résistance était prête.

III

L'énigme se pose à nouveau devant moi. Je conçois que nos fautes de conduite, rendues peut-être inévitables par les circonstances, aient entravé en quelque mesure le sursaut d'opinion que nous avions escompté. Mais mon explication ne rend pas compte de ce phénomène inouï, *la résistance* volontaire, calculée, implacable, qui devait se prolonger durant des années, s'alimentant et se renouvelant elle-même, croissant constamment en intensité et en complexité.

Elle gagna très vite les milieux politiques, les milieux de presse, la masse de l'opinion. Mais ce qu'on appelait plus ou moins exactement « l'Etat-Major » fut le centre d'où les ondes se propagèrent. Pourquoi ? Je n'ai nulle envie de badiner avec la formule qui a tant servi dans ce temps-là : « l'honneur de l'armée ». Il est naturel que l'armée ait un honneur, c'est-à-dire qu'elle ait *son* honneur. Une collectivité, un corps, peuvent avoir le sens de l'honneur, tout comme un individu, et surtout ils peuvent avoir leur notion propre de l'honneur, leur code particulier de l'honneur. Mais en quoi l'honneur de l'armée pouvait-il être entaché par l'erreur reconnue d'un Conseil de guerre ou même par l'illégalité dont auraient été convaincus des juges de hasard ! Je ne le comprenais pas alors, et je ne le comprends guère mieux aujourd'hui. Comment concevoir que l'honneur de l'armée ait pu être obstinément attaché au salut d'un Esterhazy ? Comment accommoder l'honneur de l'armée, ou une conception quelconque de l'honneur avec cet extraordinaire enchevêtrement d'intrigues et de falsifications, destinées d'avance à fermer toutes les avenues possibles de la révision, à barrer toutes les hypothèses : identification des écritures, intervention publique de Picquart, ou même intervention de l'attaché militaire Schwarzkoppen. Je sais bien qu'on ne s'arrête pas à sa volonté dans l'erreur et dans le mensonge. Qui donc n'a jamais trompé, qui donc n'a jamais menti ? Qui donc ignore qu'une fois pris dans l'engrenage, on le sent tourner malgré soi avec une puissance de rotation accélérée, qu'on trompe pour couvrir la précédente tromperie, qu'on ment une fois de plus pour rendre plausible le dernier mensonge ? Il y eut de cela dans le « comportement » de « l'Etat-Major » ; à compter d'un certain moment, le mensonge appela le mensonge, le faux détermina le faux ; « l'Etat-Major » était prisonnier de lui-même et il luttait pour lui-même. Mais comment en vint-il à ce moment-là ? Les chefs militaires ne se méprenaient pas sur Esterhazy ; ils n'avaient pas de haine contre Dreyfus ; certains croyaient intérieurement à son innocence. Pourquoi donc, dès le départ de l'Affaire — et même avant son départ — cette hostilité invincible que rien ne décontenança et qui ne recula devant rien ?

Nous touchons là le résidu mystérieux de l'affaire Dreyfus. La position initiale et même préventive prise par « l'Etat-Major » ne s'éclaire quelque peu pour la raison que dans une hypothèse unique. Il faut qu'il y ait eu un traître, non plus seulement au sens criminel du mot, mais au sens mélodramatique. Oui, le traître du mélodrame, ayant, dès la découverte du crime, ses bonnes raisons pour faire dévier l'accusation sur un innocent, personnellement engagé à ce que l'erreur ne fût jamais découverte, à ce que le vrai coupable ne fût jamais confondu. Ce traître de mélodrame, il faut le supposer à la fois assez habile, assez puissant, et assez intéressé. Un seul personnage répond à ces caractéristiques : ce n'est pas Esterhazy, soudard brutal, ne disposant d'aucun empire ou d'aucune emprise sur les chefs de l'armée, c'est le colonel Henry. Celui-là était gîté au cœur même de l'Etat-Major ; il était le vieux fondé de pouvoir par les mains de qui tout avait passé ; tous les chefs s'étaient servis de lui et la confiance qu'il inspirait à tous était sans mesure. Or, d'un bout à l'autre de l'affaire, on retrouve la présence, l'action décisive du colonel Henry. Ce fut probablement Henry qui orienta les premiers soupçons vers Dreyfus ; c'est lui qui communiqua le dossier secret aux juges du Conseil de guerre, à l'heure où ils penchaient vers l'acquittement ; c'est lui qui manœuvra la presse pour répondre aux premières tentatives de Bernard Lazare ; c'est lui qui organisa le « limogeage » du colonel Picquart après la découverte du petit bleu ; c'est lui qui monta le complot destiné à déshonorer Picquart, le jour venu, comme faux témoin et comme faussaire. C'est lui qui fabriqua les « documents-massue » du second dossier secret. Partout et toujours on retrouve le traître de mélodrame, jusqu'au jour où, pris sur le fait, il disparut dans son ténébreux suicide.

La position de l' « Etat-Major » devient intelligible si l'on admet que le colonel Henry tint réellement dans sa main, dès le premier instant, toutes les ficelles et tous les commutateurs, qu'il fut à la fois l'inspirateur et l'animateur, l'instrument et l'agent. En lui tous les caractères du signalement théorique s'assemblent. Il avait l'habileté, puisque tout son rôle connu, prouvé, montre une astuce vraiment diabolique. Il avait le pouvoir, de par son poste et de par son crédit. Il avait, et au plus haut point, l'intérêt, si, comme je le crois, il luttait pour son propre salut et pour sa propre peau, s'il n'était pas seulement le traître au sens mélodramatique, mais aussi le traître au sens criminel. Que l'on suppose Henry complice ou plutôt patron d'Esterhazy, résolu à tout pour sauver Esterhazy puisque d'Esterhazy une instruction sévère serait remontée infailliblement à lui-même, qu'on se représente ce même Henry au ministère de la Guerre, toujours présent, ayant accès et bienvenue partout, logé dans le poste où il pouvait tout, sachant offrir à chacun de ses chefs la raison qui pouvait le mieux le circonvenir ou l'abuser, de même qu'il savait fabriquer pour chaque circonstance le faux qui pourrait le plus exactement y parer, qu'on fasse ce double effort d'imagination, et je crois qu'on se sera sensiblement rapproché du mystère. Ce qu'on appelait « l'Etat-Major », c'était en réalité un homme assez profond, assez déterminé, assez adroit pour avoir projeté un intérêt collectif et même un honneur collectif au-devant de son propre salut. Jaurès, que l'affaire tourmenta jusqu'à la fin de sa vie parce qu'il y sentait encore tous ces points obscurs, pencha de plus en plus nettement vers cette hypothèse, et je crois bien me souvenir que Joseph Reinach y était aussi parvenu. Je doute d'ailleurs que la vérité soit établie avec certitude, car je n'aperçois pas d'où pourraient venir des apports de faits ou de documents nouveaux. L'affaire Dreyfus est claire. L'affaire Henry ne le sera probablement jamais.

*

A compter du moment où « l'Etat-Major » entrait publiquement en lice, la résistance antidreyfusiste se trouvait constituée du coup. L'armée déplace naturellement avec elle tout un ensemble complexe d'influences politiques, sociales, professionnelles, mondaines. Par surcroît, son intervention servit de couverture à d'autres forces, qui peut-être ne se seraient pas risquées à elles seules, mais qui, dès qu'elles se sentirent ainsi protégées, se déployèrent en pleine liberté.

Ce que j'entends désigner par cette formule un peu sibylline, c'est, d'une part, le mouvement antisémite et, d'autre part, le résidu de l'ancien mouvement boulangiste. Il y avait alors de l'antisémitisme en France. Il y en avait assurément moins que trois ans auparavant, au moment du procès de Dreyfus. Le courant était en décrudescence, mais il restait encore puissant. La *Libre Parole* était toujours un journal à grand tirage. Edouard Drumont occupait un poste intellectuel assez sensiblement comparable à celui de M. Charles Maurras au lendemain de la guerre. Le personnage empanaché du marquis de Morès exerçait un attrait romanesque sur les imaginations. Ce n'était pas un antisémitisme à « pogroms », à manifestations violentes ou sanglantes ; sauf en Algérie, la faible densité des communautés juives ne le permettait pas. Pour s'en faire une idée exacte, il faudrait se référer aux documents littéraires et artistiques de l'époque, aux romans de Gyp, au théâtre de M. Henri Lavedan et de M. Maurice Donnay, aux dessins de Forain. Il était né dans des cercles restreints de la société parisienne, cercles mondains ou cercles professionnels ; sa cause directe avait été l'intrusion indiscrète de Juifs enrichis ou la pénétration, jugée trop rapide, de Juifs studieux. Il se manifestait en pratique non point par la persécution proprement dite, mais par une tendance à l'exclusion. Les théoriciens de l'antisémitisme avaient en effet présenté l'apport juif dans une société comme l'introduction d'un corps étranger, d'un corps impossible à assimiler, auquel l'organisme devait opposer un réflexe naturel de défense.

Ce postulat théorique est précisément celui que

l'on retrouve aujourd'hui dans le racisme hitlérien qui lui a donné d'autres formes et en a tiré toutes les conséquences : distinction fondamentale des races humaines ; pérennité, invariabilité, réversibilité indéfinie de leurs caractères moraux et physiques ; incompatibilité irréductible de pensée, d'humeur et de mœurs entre les représentants des variétés ethniques. Mais l'exclusion a la persécution pour limite ; la distinction des races mène logiquement au classement, à l'établissement d'une hiérarchie. Pour apprécier exactement « l'Affaire », il fallait donc se souvenir que Dreyfus était Juif, qu'un Juif reste toujours un Juif, que la race juive est impénétrable à certains concepts moraux, qu'elle est héréditairement frappée de certaines tares ! Et l'un de ces caractères ethniques, indéfiniment transmissibles, n'était-il pas précisément le besoin inné de la trahison ? Des siècles entiers n'avaient-ils pas honni la race juive comme la descendance de Judas ? Ainsi, tandis que les Juifs avaient répugné à défendre Dreyfus parce qu'il était Juif, les antisémites n'hésitaient pas à le présumer coupable parce qu'il était Juif. La race du criminel leur fournissait une explication première du crime. De même que l'antisémitisme, sur d'autres terrains, affectait une apparence spécieuse de revendication sociale, l'intervention de « l'Etat-Major » lui permettait ici de prendre les airs d'un raffinement patriotique.

Quant au boulangisme, je me rends parfaitement compte que j'emploie, cette fois encore, un mot dont le lecteur d'aujourd'hui a peine à se représenter le contenu exact. Mais on ne peut pas comprendre l'affaire Dreyfus si l'on perd de vue qu'elle éclatait moins de huit ans après une révolution manquée. Il ne faut pas juger l'importance de certains mouvements politiques par le succès. Quand une tentative révolutionnaire a réussi, elle s'incorpore à l'histoire, elle devient l'histoire ; quand elle a échoué, elle ne laisse dans le souvenir qu'une pâle et dérisoire traînée. Pourtant, entre le succès et l'échec, il n'y a souvent que l'épaisseur d'un hasard. Le boulangisme, qui a échoué, fait aujourd'hui l'effet d'une parade incohérente et ridicule. Il n'en avait pas moins passionné la France deux années durant ; il l'avait brassée et bouleversée jusque dans ses profondeurs. Les chefs boulangistes s'étaient crus certains de la victoire, et la vérité est qu'ils l'avaient tenue dans leurs mains. Pour qu'elle leur échappât, il avait fallu un miracle ou plutôt une conjonction quasi miraculeuse d'événements. Si l'histoire s'ordonnait avec la logique d'un roman d'aventures, Boulanger aurait dû occuper l'Elysée le 27 janvier 89, après l'élection de la Seine ; une majorité boulangiste aurait dû sortir des élections générales auxquelles il fut procédé huit mois plus tard. Sur le papier, le coup d'Etat de Louis-Napoléon, qui a réussi, comptait infiniment moins de chances favorables que l'aventure boulangiste qui s'est perdue dans un vague et misérable dénouement.

Comment de tels espoirs n'auraient-ils pas laissé après leur chute une amère violence de déception, de dépit et de colère ? Les cadres boulangistes avaient, dans une large mesure, survécu à Boulanger. Les plus résolus et les plus fidèles des chefs boulangistes restaient là, étroitement liés et soudés les uns aux autres, malgré l'extrême diversité de leurs origines. Ils ne respiraient que vengeance et revanche. Une première fois, quatre ans avant l'affaire Dreyfus, ils s'étaient crus à portée de l'une et de l'autre. Le scandale du Panama, dont aucun des scandales contemporains ne permet de mesurer le retentissement, leur avait livré les partis, parfois même les individus, qui s'étaient jetés au premier rang de la campagne antiboulangiste. Maurice Barrès est ici le plus sûr témoin ; dans tout ce qu'il a écrit sur « le Panama », et certes ce n'est pas la partie la moins durable de son œuvre, on retrouvera ce ton de « danse du scalp », cette joie féroce de représaille. Cela, c'était la vengeance. La revanche, c'était d'exploiter à fond la rage et le dégoût qui secouaient le pays, la chute des gouvernements qui s'écroulaient l'un sur l'autre, le discrédit des institutions et des partis, le déshonneur des hommes ; c'était de faire renaître d'un sol ravagé la révolution boulangiste avortée, de mobiliser la révolte nationale pour balayer le Parlement pourri, pour construire un pouvoir stable et fort. Cet espoir non plus n'avait rien d'insensé, et nous pouvons le décider en pleine connaissance de cause, puisque, de mobiles analogues, nous avons vu sortir sous nos yeux la journée du 6 Février.

*

Mais l'aventure panamiste était tombée comme la première aventure boulangiste. Les anciens lieutenants de Boulanger avaient suscité et entretenu le scandale ; le socialisme naissant en avait tiré le bénéfice. Dans la Chambre élue aussitôt après le Panama, cinquante socialistes s'étaient installés soudain. Et voici qu'avec « l'Affaire » le destin livrait à nouveau une chance propice. Cette fois encore, chance de vengeance, chance de revanche. On les tenait enfin, et on ne les lâcherait plus, ces ennemis détestés, ces Joseph Reinach et ces Clemenceau qu'on avait laissé « passer au travers » du Panama, et qui se désignaient témérairement comme des cibles ; on les tenait, ces sénateurs opportunistes de la Haute Cour, qui avaient condamné Boulanger et qui maintenant travaillaient en sourdine pour Dreyfus. Les mêmes poupées s'offraient au tir boulangiste. Quant à la révolution politique, son jour semblait se lever enfin et jamais, fût-ce au temps du Général, l'occasion n'avait paru plus belle. L'affaire Dreyfus fournissait un thème inespéré à la propagande nationale ; elle allait permettre d'exciter et d'attiser dans le pays ce sentiment patriotique, qui est la plus inquiète et, dès qu'elle est inquiétée, la plus puissante des passions collectives. Elle allait surtout souder l'alliance du parti nationaliste avec l'armée, moyen nécessaire des coups de force victorieux. L'armée se considérait comme visée et comme atteinte par la campagne dreyfusiste ; les anciens boulangistes se feraient les champions les plus ardents de l'armée pour faire de l'armée leur instrument. On vit donc figurer aussitôt parmi les forces de résistance tout le personnel boulangiste de presse, de Parlement, et même de lettres, réserve faite pour Barrès dont on verra que le cas fut plus complexe. La Ligue des Patriotes, dont le chef était Paul Déroulède, fournit les troupes de choc. A mesure que « l'Affaire » se développa, les boulangistes étendirent plus largement autour d'eux une sorte de « Front populaire » dont la Ligue de la Patrie française fut l'organe et qui ne faisait volontairement appel qu'à des formes très simples, très communes et très fortes du sentiment national. Cette vaste opération devait aboutir un jour à sa conclusion naturelle, je veux dire à une tentative de coup de main militaire : ce fut l'histoire de la caserne de Reuilly.

Si j'écrivais une histoire politique de « l'Affaire », je pousserais plus loin mon récit. Je montrerais, derrière ces avant-gardes antisémite et boulangiste, des masses profondes, déjà prêtes à entrer en action et attendant l'heure. D'un côté, le clergé régulier ou séculier et l'ensemble des organisations catholiques, car des cas comme ceux de Paul Viollet et de M. Léon Chaîne furent des exceptions notables, et le « Comité catholique pour la défense du droit » ne reçut que de précieux mais rares encouragements. De l'autre, les hommes de ce qu'on appelait jadis « les anciens partis », ceux qui continuaient à considérer la République comme un accident éphémère de la vie française, ceux qui n'avaient pas renoncé à l'espérance de ramener le Roi ou l'Empereur. Arrière-dessein de détruire, à la faveur d'une émotion nationale bien orientée, ou bien la République laïcisée, ou bien la République tout court. C'est sur ce terrain que la lutte s'engagea au temps de Waldeck-Rousseau et de Combes.

Cette lutte fut un prolongement de « l'Affaire », mais elle n'est pas « l'Affaire » au sens où je cherche à l'évoquer. Je n'ai voulu que décomposer les éléments de la résistance initiale, celle que les Dreyfusards de la première heure avaient si ingénument exclue de leurs prévisions, qui les surprit jusqu'à une sorte de désespoir, qui arrêta net leur optimisme enthousiaste. J'en ai dit assez pour faire sentir que si l'affaire Dreyfus prit la forme d'une crise politique, ce fut en dehors des Dreyfusards et presque à leur insu. J'espère aussi avoir fait comprendre comment le système de résistance, une fois transposé dans l'imagination populaire, put composer la légende antidreyfusiste qu'il fallut tant et tant d'années pour dissiper. Les Dreyfusards de l'origine et leurs plus promptes recrues devinrent « le Syndicat », et plus précisément « le Syndicat juif ». L' « Affaire » devint un complot monté de toutes pièces, à prix d'or, par le Syndicat juif et par l'Allemagne, les Juifs voulant sauver leur frère de race, l'Allemagne voulant sauver le traître qui lui avait rendu de si précieux services. Toutes les preuves de l'innocence devinrent des preuves retournées du complot. Des millions d'hommes crurent à cette légende, de bonne foi, de même que sous nos yeux, égarés par les mêmes moyens, des millions d'hommes ont cru de bonne foi à l'assassinat du conseiller Prince par la « maffia » franc-maçonne.

IV

Maintenant que j'ai dessiné la configuration du champ de bataille, il faut que je procède au dénombrement homérique des combattants. Parmi les hommes que j'admirais, parmi ceux que je connaissais, parmi ceux que « l'Affaire » m'a fait connaître, lesquels furent des adversaires et lesquels des compagnons d'armes ? Je les appelle du fond de ma mémoire et, dans ce tourbillon de souvenirs, je retrouve quelques-uns de mes sentiments d'alors ; je ressens l'étonnement enthousiaste ou la déconvenue amère qui accueillait certains ralliements inescomptés, certaines défections désolantes. En fait, le classement des individus dans l'un ou l'autre camp ne me surprit guère moins que n'avait fait la constitution même de ces camps hostiles. J'étais jeune, et il y avait quelque chose que l'expérience ne m'avait pas encore enseigné, c'est que la plus fallacieuse des opérations de l'esprit est de calculer d'avance la réaction d'un homme, ou d'une femme, vis-à-vis d'une épreuve réellement imprévue. On se trompe presque à coup sûr quand on prétend résoudre ce calcul par l'application des données psychologiques déjà acquises, par une sorte de prolongement logique du caractère connu et de la vie passée. Toute épreuve est nouvelle et toute épreuve trouve un homme nouveau.

Parmi les vedettes de l'antidreyfusisme, et même du dreyfusisme, certaines n'occupaient pas leur place logique, leur place logiquement prévisible, et ces chassés-croisés déconcertaient ma candeur. Certes, ce n'est pas sur Jaurès que porta ma méprise. Il était dreyfusard du plus ancien contingent, et je n'avais jamais conçu qu'il pût ne pas l'être. Il l'aurait été « naturellement, comme on respire » quand bien même l'autorité de Lucien Herr ne se fût pas exercée sur son esprit. Je ne connaissais pas encore cet homme à qui je devais tant m'attacher durant sa vie, et qui devait renouveler la mienne après sa mort. Je le rencontrai dès les premiers conciliabules, chez Herr, rue du Val-de-Grâce, et ce fut encore Lucien Herr qui me conduisit chez lui. Il habitait, rue Madame, dans une demeure qui n'était ni vieille, ni neuve, un tout petit logis de professeur. Il le quitta vers le milieu de « l'Affaire » pour s'installer en haut de Passy, dans l'étroit chalet que les journalistes du temps décrivaient comme une « coquette villa » ou comme une « résidence cossue ». Je me revois en face de lui, opprimé par quelque chose de plus pesant que l'émotion, par cette puissance d'admiration et de don qui était naturellement en moi et que « l'Affaire » exaltait encore. Je sentis très vite, par une communication presque immédiate, que son dreyfusisme n'était pas seulement l'effet d'une conviction réfléchie, qu'il y avait en lui par surcroît une générosité chevaleresque, une sorte de don quichottisme, parfois téméraire comme on le vit dans l'affaire Syveton, qui le portait d'instinct au redressement de tous les torts, au secours de toutes les injustices. Je compris plus tard jusqu'à quelle profondeur du terme il était « humain », ce qui signifiait vraiment pour lui l'idée d'humanité, et pourquoi, dans chaque injustice humaine, il était enclin à chercher une explication symbolique des iniquités collectives.

Oui, je ne m'étais pas trompé sur Jaurès, la réalité était seulement allée au-delà de mon espérance. Mais pour Anatole France, par exemple, je n'aurais pas osé espérer. Lorsque j'appris qu'il était dreyfusard, je fus enchanté, mais étonné. Jamais, sur mes données d'alors, je n'aurais eu l'audace de construire logiquement le France des *meetings* de faubourg, le France de *M. Bergeret à Paris,* le France de la sublime oraison funèbre prononcée sur la tombe de Zola. Je le connaissais, lui, avant l'éclat de « l'Affaire ». Il m'avait encouragé et accueilli dès mes premiers essais de la *Revue Blanche.* Est-ce que la perfection même de sa culture et de son métier, l'universalité de son scepticisme, le retrait volontaire de sa personne ne semblaient pas l'isoler d'avance de toute action ? Le sage et l'artiste semblaient pareillement dépaysés dans la bataille publique. France s'y jeta cependant, à corps perdu, sans rien réserver ni ménager de lui-même. Il s'y jeta avec une résolution telle qu'il serait puéril d'expliquer sa décision par des influences d'entourage et d'attachement, et l'explication serait d'autant plus vaine, en ce qui le touche, que je n'ai guère approché d'homme plus secret et moins perméable. Mais le recul me fournit aujourd'hui les données qui manquaient alors à ma prévision. Je comprends qu'au fond de France il y eut toujours, comme il l'a d'ailleurs dit lui-même, « la foi rationaliste », que son scepticisme universel était le doute méthodique de Montaigne, de Descartes, voire des positivistes, et qu'au bout du compte, il n'y a pas tant de différence entre l'abbé Jérôme Coignard et M. Bergeret. France fut dreyfusard parce que le travail méthodique et scientifique de l'intelligence était à ses yeux la seule réalité certaine. N'est-ce pas lui d'ailleurs qui, pendant la crise la plus aiguë de « l'Affaire », devait conclure un discours de réunion publique par ces quelques mots admirables à force d'être simples : « Nous aurons raison parce que nous avons raison. »

*

Comment aurait-on pu prévoir, en septembre 97, que la Ligue de la patrie française aurait bientôt à sa tête Jules Lemaître et François Coppée, Lemaître, dont le scepticisme frivole ne reposait assurément pas sur des fondations rationalistes, Coppée, avec son attendrissement discret et casanier de vieux garçon ? Je ne pensais alors ni à l'un ni à l'autre, mais quand je cherchais à repérer d'avance, avec mes amis, les hommes importants « qui seraient sûrement dreyfusards », je soutenais obstinément qu'Henri Rochefort prendrait place dans l'équipe. Un recueil de souvenirs a paru sous le titre charmant : *Au Temps des Equipages ;* mes histoires, à moi, se placent « au temps où l'*Intransigeant* était un journal du matin » et où les cent lignes quotidiennes de Rochefort lui procuraient la plus forte vente de Paris. La recrue aurait été de belle taille, car nul n'exerçait plus d'empire que Rochefort sur la portion la plus légère, la plus versatile, par conséquent la plus passionnée de l'opinion publique. Il n'y avait rien de chimérique à escompter son enrôlement.

En prolongeant dans ses directions connues la biographie compliquée de Rochefort on obtenait un dreyfusard. On ne pouvait guère imaginer pour lui de joie plus sensible que de montrer un innocent dans l'homme que tout le monde avait considéré comme coupable. Son penchant dominant et constant était de défier tout pouvoir constitué, de prendre le contrepied de toute tradition établie et de toute opinion reçue, de mettre en échec toute « chose jugée ». Il offrait un exemplaire parfait de ce qu'on appelait alors l'esprit d'opposition systématique et qu'on qualifie aujourd'hui de « non-conformisme... » J'ajoute qu'il avait passé, lui aussi, par les mains d'un Conseil de guerre, qu'il avait eu, lui aussi, son Ile du Diable. Pourquoi Rochefort a-t-il manqué à sa vocation présumée ? Dans les journaux de guérilla dreyfusiste, dans les *Droits de l'Homme,* par exemple, dont Jean Ajalbert était le plus ardent rédacteur, on se tirait d'affaire avec une historiette commode. Rochefort, déjà vieux, venait d'épouser une femme très belle et très jeune ; la chronique maligne assura qu'un Dreyfus étant mêlé à certaine mésaventure conjugale quiconque portait ce nom lui devenait odieux. Des causes plus futiles ont déjà produit de plus grands effets. Il se peut aussi que l'apparition du journal l'*Aurore*, qu'aurait créé contre lui son plus intime collaborateur, Ernest Vaughan, et qui fut tout de suite un organe dreyfusard, l'ait ancré dans sa prévention hostile. Je pense, aujourd'hui, que Rochefort, ami du général Boulanger, frappé avec lui par la Haute Cour, fraîchement revenu d'exil, céda surtout à cette solidarité boulangiste qui nous échappait alors et dont j'ai essayé de montrer la force.

Mais à l'inverse, pourquoi Clemenceau a-t-il été dreyfusard ? Il a tenu dans « l'Affaire » un si grand rôle qu'il ne nous semble plus, aujourd'hui, que son nom puisse en être séparé. Pourtant, appliquée à son cas, que donnait la méthode de construction sur les caractères connus, de prolongement logique ? Certes, il avait des amis et des familiers dreyfusards, Scheurer-Kestner, Vaughan, qui venait de l'appeler à la direction politique de l'*Aurore*, Gustave Geffroy, le milieu Ménard-Dorian. Mais quels indices pouvait-on tirer de sa carrière passée d'homme public, carrière qui, depuis le Panama, semblait close pour jamais ? Il avait été le chef d'un radicalisme nationaliste et chauvin, formé après 1871, dans le remous de la défaite subie. Il avait accusé Gambetta de préparer une réconciliation franco-allemande. Il avait combattu Ferry, parce que l'expansion coloniale usait hors du continent la force militaire de la France, parce qu'elle détournait de la revanche. Il avait imprimé une marque nationaliste jusqu'à la campagne anti-cléricale : les catholiques français lui étaient suspects en tant que soumis à l'Evêque de Rome, à un souverain étranger. C'est lui qui avait fait Boulanger, et il avait marché de conserve avec le parti boulangiste un bon bout de chemin. Pendant la fin de sa vie politique, on a pu se rendre compte assez clairement qu'une erreur de jugement, une violation des formes légales, un individu frappé à tort, expiant un faux crime, ne pesaient guère dans son esprit, ne mettaient pas un instant en balance l'instinct simple de l'intérêt national. Ce jacobin était, au premier chef, l'incarnation de la raison d'Etat, du fait du prince, de l'ordre collectif prévalant sur la justice. Que comptait pour lui une vie humaine ? La forme de son imagination le rendait d'ailleurs peu accessible à la pitié. C'était une personne étrange, qui poussait la misanthropie jusqu'à un cynisme cruel, qui ne croyait à la pureté ou à l'efficacité d'aucune action humaine et pour qui l'action était cependant une nécessité impérieuse, un besoin vital.

Logiquement, pour suivre sa ligne naturelle, il aurait dû prendre la tête de la résistance, se faire l'apologiste de la raison d'Etat, l'interprète de l'instinct national surexcité. Il aurait dû se hisser au gouvernement dans la bagarre et camper vingt ans plus tôt, en pleine affaire Dreyfus, le Clemenceau de la guerre. A-t-il jamais recomposé ainsi sa destinée, pendant ses dernières années de gloire et de solitude ? Ce qui est sûr, c'est qu'il a cherché l'issue vers le pouvoir dans l'autre sens et qu'il l'a lentement trouvée. Il vivait alors à l'écart des cercles politiques d'où l'avaient exclu, depuis près de quatre ans, la haine de ses adversaires, la lâcheté de ses amis. Il essayait avec une sobre et infatigable énergie de se « refaire une vie » de journaliste et d'écrivain. Se refaire une vie, c'est se refaire une jeunesse. Peut-être eut-il, dans cet intervalle, une phase d'attendrissement, d'élargissement généreux ? Je crois surtout qu'il fut touché par l'étroite et curieuse parenté que l'histoire de Dreyfus offrait avec ses récents malheurs. Car, lui aussi, il venait d'être la victime d'une erreur judiciaire ; lui aussi il avait été condamné sur la production d'un bordereau qu'il n'avait pas écrit. Lui aussi, il avait été flétri comme un traître par des faussaires. S'il avait été renié par ses amis, abandonné par ses électeurs, chassé de cette Chambre où il tenait la première place, c'est parce qu'on avait porté à la tribune et répandu à profusion dans le pays les documents ineptes, grossièrement fabriqués par un novice du métier, qui le dénonçaient comme un agent stipendié de l'Angleterre. La falsification des documents Norton avait été prouvée ; elle avait même été avouée, mais la légende n'avait rien perdu de sa virulence et il restait encore accablé sous le désastre. Venger Dreyfus, n'était-ce pas se venger un peu lui-même ? Si les injustices subies sont proches par leur nature et dans le temps, un retour égoïste peut prendre l'aspect de la sympathie humaine.

*

Quand, vers le début de décembre 1897, on se préoccupa de rassembler des signatures pour les premières listes dreyfusardes et que la besogne fut distribuée entre tous les « démarcheurs » de bonne volonté, je me chargeai avec empressement de Barrès. Je l'avais connu dans le bourg de Lorraine où vivaient ses parents et où j'allais parfois passer quelques semaines de vacances chez un vieil oncle maniaque. C'est dans la maison de son père qu'il m'avait reçu pour la première fois, lui encore un jeune homme, moi encore adolescent. Mais, depuis lors, combien de fois j'étais venu frapper le matin à sa maison à lui, rue Caroline, tout près de la place Clichy. Je le trouvais tout en haut de son petit hôtel de peintre, dans l'atelier qu'il avait transformé en bibliothèque. Je tombais au milieu de la leçon d'armes qu'il s'imposait chaque matin, et qu'il était ravi d'interrompre. Il disait au prévôt : « Alors, à demain... » et à moi : « Allons, asseyez-vous, qu'avez-vous fait cette semaine ? »

Je m'abandonne à ces souvenirs parce qu'ils me sont restés chers, parce que je trouve de la douceur à suivre leur pente. Je revois la grâce fière et charmante de son accueil, cette noblesse naturelle qui lui permettait de traiter en égal le débutant timide qui venait de passer son seuil. Je suis sûr qu'il avait pour moi de l'amitié vraie, presque une sollicitude de frère aîné. Bien des années plus tard, après la longue séparation qu'entraîna « l'Affaire », quand nous nous retrouvâmes à la Chambre, il me dit un jour : « Vous avez aimé ma jeunesse, et elle vous le rendait bien... » Il y avait dix ans entre nous, la même distance d'âge qu'entre Paul Bourget et lui. Dans cette génération d'écrivains qui avait immédiatement précédé la mienne, il était pour moi, comme pour la plupart de mes camarades, non seulement le maître mais le guide ; nous formions autour de lui une école, presque une cour. Nous sentions bien que lui-même, si vite comblé par le succès, préférait de bien loin son ascendant sur la jeunesse à la faveur de ses aînés. Puisqu'il était notre chef, eh bien ! il allait nous suivre. Nous avions tellement senti comme lui qu'il ne pouvait pas penser autrement que nous. J'aurais presque engagé de moi-même sa signature, et j'étais confiant, joyeux, quand j'allai le trouver, ce jour d'hiver, dans sa nouvelle maison du boulevard Maillot.

Il ne me répondit ni oui, ni non. Il ne me cacha pas son trouble. « Je suis à peu près au fait, me dit-il. Jamais je n'ai rencontré plus fréquemment Zola. J'ai encore déjeuné avec lui ces jours passés... » Pas plus que Bourget, il ne dissimulait son admiration pour Zola. Il ajouta : « Zola a du courage. C'est un homme. Mais pourquoi ne dit-il pas tout ce qu'il sait, et, au fond, que sait-il ?... » Il se tut un instant et continua : « Il y a un souvenir qui m'obsède. J'ai assisté, il y a trois ans, à la dégradation de Dreyfus. J'ai écrit un article, dans le *Journal*, vous vous rappelez... Eh bien ! je me demande si je ne me suis pas mépris. Je me rends compte que chacune des attitudes, chacune des expressions de visage que j'interprétais comme le signe d'une scélératesse totale, parfaite, comportait aussi le sens inverse. Dreyfus était-il le scélérat ; était-il un stoïque, un martyr ? Je n'en sais plus rien... » Je me souviens de ses paroles, non des miennes. Sans doute, j'essayai d'exploiter l'avantage, mais il coupa court : « Non, non... je suis troublé et je veux réfléchir encore. Je vous écrirai... »

Je ne compris pas que ces trois mots : « Je vous écrirai », contenaient déjà le refus. Je rendis compte de ma mission avec une satisfaction un peu orgueilleuse, et j'attendis la lettre. Barrès m'écrivit en effet quelques jours plus tard. Il me parlait encore de Zola, avec amitié, avec respect, mais il ne voyait d'aucune part, disait-il, de vérité prouvée. Les réticences calculées des Dreyfusards l'inquiétaient, l'irritaient. Dans le doute, c'est l'instinct national qu'il choisirait pour point de ralliement... Cette lettre tomba sur moi comme un deuil. Quelque chose était brisé, fini ; une des avenues de ma jeunesse était close. Je crois aujourd'hui que Barrès ne se décida pas sans un pénible débat. Il dut sentir que son choix décidait du reste de sa vie. Jusqu'alors, il était parvenu à concilier le Barrès boulangiste avec le Barrès de *Sous l'Œil des Barbares* et de *Un Homme Libre*. Désormais il optait ; il optait du même coup entre son public préféré d'écrivain, dont il se coupait, et ses compagnons de lutte politique. La solidarité boulangiste l'avait entraîné, lui aussi... Il me semble que je vois assez clair, maintenant, dans cette crise intérieure. Je sais aussi que l'action politique n'était nullement pour Barrès, comme je l'avais cru, un exercice, un délassement, presque un jeu, que l'attrait de biographies comme celles de Canning, de Chateaubriand, de Disraeli, ne s'était pas exercé seulement sur son imagination. Je puis aujourd'hui reconstituer cet état d'esprit avec équité, probablement avec justesse. Mais je n'éprouvai alors que l'effondrement d'un enthousiasme, qu'un abattement amer, qu'une désolation.

Ai-je su faire sentir, à travers ce récit, tout ce que la passion dreyfusiste recelait de force dramatique? Le drame Barrès fut pour moi le plus pathétique, mais il ne fut pas seul. André Gide avait été le condisciple de Pierre Louÿs à l'Ecole alsacienne avant de devenir le mien à Henri-IV. S'étant lié tour à tour avec lui et avec moi, il nous avait liés l'un avec l'autre. Tous trois ensemble, pendant ma dernière année de lycée, nous avions fondé le petit recueil poétique, intitulé *la Conque,* où Paul Valéry publia ses premiers vers. André Gide fut tout de suite dreyfusard, mais Pierre Louÿs, déjà célèbre depuis *Aphrodite,* fut tout de suite antidreyfusard. Pourquoi? Je ne le sais pas exactement. Il y avait en Pierre Louÿs beaucoup de mystère : il était toujours difficile de peser la dose de calcul et la dose de mystification qui entrait dans chacun de ses actes. Ce que je sais bien, c'est que nous cessâmes aussitôt de nous voir, d'accord, en silence, sachant bien que toute explication était superflue. Je pense qu'il se

Vendredi

Mon cher Docteur,

Merci de vos bonnes paroles, merci du profond dévouement que je rencontre chez vous tous dans mon malheur immérité. Je ne trouve pas de mots pour vous exprimer l'émotion qui m'envahit quand je pense à l'affection que je rencontre dans toute votre famille.

C'est vous tous qui me consolez, qui me soutenez dans ma profonde affliction.

Vous savez que j'étais d'abord résolu à me tuer. Le coup était trop cruel, mon âme avait sombré. La mort eût été la fin de toutes les souffrances, de toutes les douleurs.

Mais, comme vous me le dites-vous si justement, la mort n'eût pas été une solution. Mon nom restant sali et avili à tout jamais, le nom de mes chers enfants était déshonoré.

Eh bien, je le jure maintenant, je subirai tous les martyres, je subirai toutes les souffrances, jusqu'au jour de la réhabilitation.

Toutes mes forces, je les consacrerai au devoir qui guidera ma vie : trouver le coupable, éclaircir ce mystère

Avec de la volonté, nous le trouverons.

Je ferai taire mon cœur, j'en comprimerai les battements, je résisterai jusqu'à mon dernier souffle

Je ne mourrai que sur la brèche.

Vives amitiés à votre femme, à vos enfants,

à toute la famille.

Merci encore et croyez moi votre bien dévoué

A Dreyfus

disait secrètement comme moi : « Bah ! on se retrouvera tout de même un jour ; la vie est là pour nous réunir... » On se dit cela chaque fois que l'amitié, au lieu de se flétrir lentement, de dépérir, est brusquement tranchée en pleine force. Mais c'est la mort qui vient, et je n'ai jamais revu Pierre Louÿs.

Il ne me semble pas que, même pendant la guerre, on ait assisté à ces séparations brutales, et, par contrepartie, à ces amitiés soudaines, créées séance tenante par la conscience d'un assentiment. Une petite scène, à la fois banale et bizarre, me revient à la mémoire, et je la transcris parce qu'elle me paraît fournir un témoignage significatif. Au printemps de 1898, j'allais un matin chez un dentiste dans le fauteuil de qui je m'étais assis déjà deux ou trois fois pour des soins rapides. C'était un homme encore jeune, avec le visage et l'allure d'un officier de cavalerie. En venant me chercher dans le salon d'attente, il me dit à brûle-pourpoint : « Tout de même, ils n'oseront pas toucher à Picquart ! » Je le connaissais à peine ; jamais nous n'avions échangé un mot sur « l'Affaire ». Mon premier mouvement fut un retrait. Je me sentis même un peu offensé : « Comment sait-il que je suis dreyfusard ? Pourquoi a-t-il décidé, à part lui, que je devais être dreyfusard ? Est-ce parce que je m'appelle Blum, parce que je suis Juif ?... » Ces réflexions passèrent comme un éclair, et je sentis que j'avais devant moi un ami.

*

Ce tri automatique est sans doute ce qui, durant les années si pesantes de « l'Affaire », a rendu la vie non seulement tolérable, mais heureuse. Une brusque projection avait éclairé des fonds d'âme que la plus longue intimité n'avait pas ou n'aurait pas pénétrés. On ne vivait qu'avec des amis du même sentiment que soi, puisque ceux qui ne le partageaient pas avaient cessé d'être des amis, puisque ceux qui le partageaient étaient devenus des amis par là même.

Dans les cercles de jeune littérature que je fréquentais le plus familièrement, l'atmosphère dreyfusarde accusait une homogénéité presque complète. Après la mort glorieuse et précoce de *la Conque,* qui disparut au bout de dix fascicules, j'avais écrit, quoique moins régulièrement, au *Banquet,* dont la vedette était Marcel Proust. Tout l'ancien groupe du *Banquet* était dreyfusard, à commencer par Proust, Fernand Gregh, Daniel Halévy, Jacques Bizet. Ce groupe, formé à Condorcet, se conservait d'ailleurs dans le salon dreyfusard de Mme Straus. Depuis *la Conque* et *le Banquet,* j'étais passé à la *Revue Blanche,* qui dura plus longtemps, dont j'étais le collaborateur assidu depuis plusieurs années. Réserve faite pour Pierre Veber et pour Lucien Muhlfeld qui, somme toute, s'étaient déjà détachés de nous, toute la *Revue Blanche* était militante. Elle était dirigée par les trois frères Natanson. Son secrétaire de la Rédaction était un étonnant personnage, d'un flegme immuable, d'une courtoisie sarcastique et sinueuse comme une arabesque, qui s'était composé le visage de l'oncle Jonathan dans les caricatures anglo-saxonnes, l'anarchiste Félix Fénéon. Thadée Natanson avait assisté Demange comme défenseur de Fénéon, inculpé dans la fournée anarchiste du « Procès des Trente », et il avait gardé avec l'avocat de Dreyfus une liaison assez suivie. D'autre part, il était familier de Joseph Reinach et de quelques maisons dont Joseph Reinach était l'arbitre. Il avait aisément convaincu ses frères, et Fénéon s'était fait son avis tout seul. Nous nous retrouvions à la *Revue* vers la fin de chaque journée. Outre les Natanson et Fénéon, il y avait là, de fondation, Tristan Bernard, Coolus, le petit clan des peintres amis, puisque chaque groupe de jeunes écrivains a ses peintres, c'est-à-dire Vuillard, Bonnard, Roussel, Vallotton. Presque chaque soir, à la même heure, la porte s'ouvrait avec fracas et l'on entendait de l'antichambre la voix et le rire éclatant d'Octave Mirbeau. L'âme violente de Mirbeau, tiraillée entre tant de passions contraires, ne se donnait pas à demi. Il s'était jeté à corps perdu dans la bataille, bien qu'aucune affinité naturelle ne l'inclinât à s'enrôler sous le nom d'un Juif, parce qu'il aimait l'action et la mêlée, parce qu'il était généreux, et surtout parce qu'il était pitoyable, parce que la vue ou l'idée de la souffrance, souffrance d'un homme, souffrance d'une bête, souffrance d'une plante, étaient littéralement intolérables à son système nerveux. On était là ; on commentait les dernières nouvelles du *Temps* comme le communiqué pendant la guerre ; on mettait en commun ce que chacun avait appris de côté ou d'autre pendant la journée ; aux faits exacts on mêlait les fausses rumeurs et les « bobards » ; on confiait avec orgueil le nom de l'homme politique, de l'écrivain, du savant qui venait à son tour d'être touché de la grâce ; on s'irritait contre les notables trop prudents qui hésitaient encore à publier leur conviction intime. Oui, Poincaré était dreyfusard, c'était sûr, mais quand donc le proclamerait-il à la tribune ? Rostand était dreyfusard, mais quand donc Jules Renard le déciderait-il à signer les listes ? Hervieu était dreyfusard, mais quand donc surmonterait-il la crainte de mal administrer son nom ? Il n'y avait pas d'autre sujet d'entretien ; toute autre forme de vie semblait suspendue.

Chez Tristan Bernard, je retrouvais le milieu de la *Revue Blanche,* mais élargi, étendu. Tristan Bernard était lié depuis sa jeunesse, je crois même depuis ses années de lycée, avec un groupe de « chartistes » auquel Bernard Lazare avait lui aussi appartenu. Il y avait eu dans ce groupe deux écrivains de grands dons, un poète et un prosateur, Ephraïm Mikhael et Marcel Schwob. Mikhael était mort à la fleur de l'âge, Schwob était déjà touché par la maladie, mais leurs compagnons Quillard, Collière, Hérold, figuraient au premier rang de notre cohorte. Quand on organisa un peu partout les grands meetings destinés à porter « l'Affaire » devant la conscience populaire, Pierre Quillard fut l'un des orateurs habituels, aux côtés de Mirbeau et de Jean Psichari. Marcel Collière, dont le nom est oublié, et que tout désignait pourtant pour devenir une grande vedette de journalisme, fut un des plus ardents polémistes de la cause. D'autre part, on rencontrait chez Tristan, presque aussi fréquents dans sa maison que dans celle de Lucien Guitry, ceux que l'on appelait alors « les humoristes », bien que ce vocable ne convînt exactement qu'à l'un d'entre eux : Alphonse Allais, Alfred Capus, Jules Renard. Capus et Renard étaient l'un et l'autre des dreyfusards absolus, intransigeants ; l'un et l'autre d'ailleurs étaient assidus aux petits conseils de guerre de la *Revue Blanche.* Ceux qui n'ont approché Capus que vingt ans plus tard auront peine à penser que l'agréable et souriant Capus de ce temps-là était un esprit parfaitement libre. Pour Jules Renard, nul ne sera surpris, et lui-même a laissé un témoignage irrécusable dans son extraordinaire *Journal.* Jules Renard fut même parmi les écrivains de sa génération, l'un de ceux que le dreyfusisme orienta vers le socialisme. Quand Jaurès fonda, quelques années plus tard, *L'Humanité,* Jules Renard consentit aussitôt à y écrire, comme Mirbeau et Gustave Geffroy, et aussi comme Abel Hermant et Georges Lecomte.

Ainsi « l'Affaire » laissa à peu près intacte la cohésion de mon « milieu » habituel. Les Maîtres surtout nous manquèrent, ceux que nous avions le plus admirés, ceux autour de qui notre génération littéraire s'était rassemblée. J'ai suffisamment parlé de Barrès. Heredia, si hospitalier, si bienveillant envers les jeunes gens, dont la maison avait toujours été si noblement ouverte, se tenait à l'écart de ce bruit qui l'offusquait. Mallarmé s'isolait, développait entre « l'Affaire » et lui le filet protecteur de son rêve. Somme toute, nous n'avions plus que France avec nous. Je continuais à le voir, le plus souvent chez lui, Villa Saïd, parfois chez Mme de Caillavet. Là, tout était dreyfusard, la maîtresse du logis, son fils Gaston de Caillavet, les amis inséparables de son fils, Robert de Flers et Paul Grunebaum, qui fut plus tard le collaborateur ou l'inspirateur de Briand. Madame de Noailles apparaissait, comme une princesse d'Orient descendue de son palanquin, et embrasait du feu de ses regards le flot de ses paroles. Joseph Reinach montait souvent, en voisin ; Clemenceau, Jaurès, et plus tard Briand, venaient parfois. Lucien Herr, qui aimait à rudoyer, gourmandait Jaurès sur cette mondanité. « — Figurez-vous, disait Jaurès, que j'ai dîné hier chez Mme de Caillavet et que... — Comment, interrompait Herr, vous allez dans le monde, maintenant ! Rappelez-vous qu'il y eut autrefois un homme qui s'appelait Ferdinand Lassalle... »

Cependant je passais presque chaque matin à la librairie Bellais, que Charles Péguy et Herr venaient d'installer rue Cujas, et qui était le quartier général du dreyfusisme au quartier latin. Les Tharaud y faisaient quelquefois visite ; ce fut même la librairie Bellais qui édita leur première plaquette, mais j'avoue que je ne me souviens pas si les Tharaud étaient ou non dreyfusards. Exception faite pour eux et pour Péguy, ce n'est pas dans les lettres que les habitués de la rue Cujas ont laissé un nom. Les élèves de l'Ecole Normale s'y rencontraient avec les étudiants libres, avec leurs aînés des dernières promotions, avec leurs maîtres. J'ai connu là Albert Thomas ; j'y ai connu aussi Paul Langevin et Jean Perrin qui, aujourd'hui, après plus de trente-cinq ans passés, retrouvent ce point de départ et bouclent la boucle de leur vie. C'est de la librairie Bellais que devait partir ce « mouvement vers le peuple » assez analogue en son essence au mouvement russe que Tourgueniev a décrit et qui couvrit rapidement le sol d' « Universités populaires ». Ernest Lavisse, alors directeur de l'Ecole, n'était qu'un dreyfusard de for intérieur, mais presque tout le corps enseignant marchait ouvertement avec Lucien Herr, avec Gabriel Monod, avec Andler, avec Paul Dupuy. La Sorbonne, les Facultés avaient été gagnées dans une large proportion. Dans l'ensemble, l'Université, prise à tous ses degrés, fut la première catégorie sociale ou professionnelle sur laquelle le dreyfusisme put prendre appui.

V

Ecrivains, savants, artistes, professeurs !... cette pénétration de « l'intelligence » nous comblait assurément de joie, mais elle ne nous fournissait pas l'élément décisif du succès. Quel était notre but ? Obtenir la révision d'une sentence inique. Or, la loi remettait au gouvernement le pouvoir arbitraire d'engager ou non la procédure de révision ; lui, et lui seul, appréciait souverainement si des « faits nouveaux » apportaient une présomption suffisante contre l'autorité de la « chose jugée ». Du moment que le gouvernement ne prenait pas une initiative amiable, ainsi que l'avaient crédulement espéré les conseillers politiques de Mathieu Dreyfus, du moment que la décision ne lui était pas dictée par un consentement, par un appel unanimes de l'opinion, ainsi que nous l'avions attendu, nous, avec plus de crédulité encore, l'issue de « l'Affaire » se ramenait pratiquement à une question parlementaire, à une question de majorité. Le chef du gouvernement, Jules Méline, ancien gambettiste, ancien ministre de Ferry, s'était enfermé dans une position simple et inexpugnable. Il n'y a pas d'affaire Dreyfus, répétait-il tranquillement en serrant sur lui les pans de sa « redingote villageoise » ; je ne connais pas, je ne veux pas connaître, je n'ai pas à connaître d'affaire Dreyfus... Se trouvait-il une majorité pour lui forcer la main ? S'en trouverait-il une, après les élections générales de mai 1898 qui déplacèrent vers la gauche l'axe de la Chambre, pour décider et pour soutenir son successeur, Henri Brisson ? Comment se distribuaient les partis et les chefs politiques entre le dreyfusisme et la résistance ?

L'idée « affaire Dreyfus » se lie aujourd'hui dans les esprits, par une association naturelle, aux idées « Bloc des Gauches » et « Cartel ». On se représente la Chambre partagée en deux camps bien définis : toutes les fractions de la gauche et de l'extrême gauche coalisées pour la révision, toutes les droites coalisées pour la résistance. Il y a là une erreur d'époques. L'amalgame du dreyfusisme et de ce qu'on peut appeler la contre-offensive démocratique ne commença que beaucoup plus tard, après le suicide du colonel Henry, après l'enquête de la Cour de Cassation, après le coup d'Etat manqué de Reuilly, après l'avanie d'Auteuil dont le président Loubet fut victime. C'est alors seulement, dans l'été de 1899, que Waldeck-Rousseau et son ministère de « Défense républicaine » réussirent à demi la fusion, et elle ne s'acheva que trois ans plus tard, sous le ministère de Combes.

A l'époque de Combes, oui, tous les dreyfusards sont intégrés dans le bloc républicain, radical et socialiste, et à l'inverse, sauf exceptions négligeables, tous les éléments du bloc sont, peu ou prou, devenus dreyfusards. Mais, au début de « l'Affaire », ou plutôt pendant la phase humaine et passionnelle de l'affaire, on n'observait rien de pareil. Le phénomène de polarisation ne s'était pas encore produit. Les partis, les clans politiques étaient aussi divisés, ils étaient déchirés avec autant d'irrégularité que les collectivités professionnelles ou que les familles. Aucun groupe de la Chambre n'était homogène. Je puis même affirmer, sans forcer en rien la vérité, que ceux qui devaient, un peu plus tard, former la base du « bloc des gauches » étaient alors, en grande majorité, hostiles à la révision. Cela peut surprendre, mais on verra qu'il en est bien exactement ainsi. D'ailleurs, quand les deux masses de droite et de gauche se retrouvèrent en bel ordre serré, aux deux côtés opposés du champ politique, la consistance des partis n'était plus du tout la même. Ils s'étaient vidés et remplis les uns au profit des autres ; tel radical était devenu nationaliste, tel modéré s'était agrégé aux radicaux, et la loi des échanges était précisément la crise humaine et passionnelle de « l'Affaire » répercutée sur des individus. Ces mutations s'opèrent presque nécessairement chaque fois qu'une secousse violente, quelle qu'en soit la nature, jette assez de trouble dans la vie publique pour créer des cas de conscience personnels. Même quand les partis sont assez solides pour résister à ces secousses, — et ils n'y résistent pas toujours, — ils ne tiennent plus que par leurs cadres formels ; leur contenu se modifie, leurs éléments intérieurs se décomposent et se redistribuent. Voilà pourquoi, même en Angleterre, sur la terre classique du loyalisme parlementaire et des partis organisés, si peu d'hommes d'Etat ont achevé leur carrière dans celui où ils avaient fait leurs premières armes. Pitt avait débuté comme un *whig* radical, Palmerston et Gladstone comme conservateurs, Disraeli comme un libéral.

Après comme avant les élections « de gauche » de mai 1898, le gros du Parti radical restait antidreyfusard. C'était, en réalité, un parti neuf. La vieille extrême gauche n'avait pas survécu au boulangisme et au Panama. Le boulangisme avait débauché une partie des troupes ; le Panama avait éliminé les chefs ou alliés les plus notoires, Clemenceau, Floquet, Freycinet. D'autres avaient glissé en sourdine vers les partis modérés à la faveur des ministères de « concentration » ; d'autres, comme M. Millerand, avaient cherché l'avenir du côté des socialistes. Des anciennes équipes dirigeantes, il ne restait plus guère que Camille Pelletan, le meilleur lieutenant, sinon le préféré, de Clemenceau, et Pelletan, au moins à cette époque, jugeait le dreyfusisme suspect. Les hommes nouveaux qui avaient reconstruit sur ces décombres le parti nouveau se nommaient Léon Bourgeois, Cavaignac, Paul Doumer, Berteaux. Le vieil Henri Brisson, ancien gambettiste de gauche, s'était rallié à eux, et c'est lui qui présidait le ministère constitué après les élections de mai. Henri Brisson, austère républicain, juriste incorruptible, était dreyfusard par scrupule de légalité. Je suis convaincu que Léon Bourgeois l'était aussi, et il s'en ouvrait librement à ses amis les plus proches, comme Georges de Porto-Riche. Mais ni Brisson ni Bourgeois n'osaient découvrir leurs amis ou engager leur gouvernement. En revanche Cavaignac, ministre de la Guerre pour la seconde fois, était irrémédiablement capté par « l'Etat-Major », Paul Doumer[1] et Berteaux marchaient avec Cavaignac. Le plus populaire des journaux radicaux, celui qui se lisait le plus après l'*Intransigeant* de Rochefort, l'*Eclair* d'Alphonse Humbert, était de longue main acquis à « l'Etat-Major » ; il lui avait même servi d'interprète et d'instrument dès les débuts de la campagne de Bernard Lazare. La masse du Parti n'était guère moins cocardière que l'ancienne extrême gauche de Clemenceau.

Au reste, bien qu'Henri Brisson fût le chef de gouvernement, Léon Bourgeois le chef politique, je crois que l'influence prépondérante appartenait à Cavaignac. Son intervention retentissante dans les débats du Panama avait permis au néo-radicalisme de se dégager des vieux *leaders* discrédités, et même de se présenter sous une flatteuse attitude morale de pureté, d'hostilité rigide vis-à-vis de la corruption

1. On m'a fait justement observer que Paul Doumer, bien qu'il eût tenu dans la reconstitution du Parti radical le rôle que je rappelle, avait été nommé par Méline au Gouvernement général de l'Indochine et qu'il a passé hors de France la période aiguë de « l'Affaire ».

capitaliste. D'autre part, il avait fourni à ses amis « l'idée-force » qui fut le moyen de leur victoire électorale de 1898 : la lutte contre l'inégalité fiscale, l'impôt sur le revenu. Le personnage vraiment représentatif du parti radical de cette époque est bien Cavaignac. Aussi la masse des radicaux le suivit-elle. Elle acclama, au mois de juillet, le discours fameux où Cavaignac prétendit apporter à la Chambre la preuve, la preuve positive et décisive, de la culpabilité de Dreyfus. Elle vota la loi de dessaisissement imaginée par Charles Dupuy pour étouffer l'enquête de la Chambre criminelle de la Cour de Cassation. Bien loin de se serrer en masse autour de Waldeck-Rousseau, comme le veut l'association d'idées devenue légende, elle se divisa et faillit, par sa division, renverser dès le premier contact le cabinet de « Défense républicaine ». Certes, il y eut parmi les radicaux des dreyfusards « de la veille », des dreyfusards militants, mais il n'y en eut pas beaucoup. Si j'essaie d'en retrouver les noms, les premiers qui reviennent à ma mémoire sont ceux de Delcassé... et de M. Gaston Doumergue.

*

Dès le début de l'année 1898, « l'Affaire » avait à peu près achevé son travail sur les partis et groupes politiques comme sur les autres milieux sociaux. Elle avait décomposé les combinaisons et alliages existants ; elle était en train de reconstituer, selon sa loi propre d'affinité, des corps nouveaux qui ne ressembleraient guère aux précédents que par la forme et la couleur. Ce travail s'était opéré d'autant plus promptement que la matière dissociée présentait moins de consistance. J'ai parlé du « Parti radical » refait par Léon Bourgeois et Cavaignac ; ce « parti » ne comportait alors ni programme, ni règle, ni discipline, ni délimitation précise. Le « parti » modéré, qui occupait le pouvoir avec Méline, n'était pas fait d'un grain plus solide ni d'une pâte plus homogène. Il se réclamait à la fois de Gambetta et de Ferry, mais les traditions de Gambetta et de Ferry, qu'on confond toujours et qu'on a tort de confondre, étaient en réalité très divergentes. Après la mort ou la chute des deux chefs, le gros des troupes avait été rejeté vers le centre par rancune et animadversion contre l'extrême gauche clemenciste. Des « libéraux » du type Dufaure comme Ribot, ou du type Jules Simon comme Aynard, avaient pu s'amalgamer à eux. Depuis trois ou quatre ans, la politique de Léon XIII et « l'esprit nouveau » qui en était la contrepartie avaient par surcroît grossi leurs rangs d'un contingent croissant de conservateurs « ralliés » à la République. C'est dans ce milieu composite que les dreyfusards trouvèrent d'emblée le plus de partisans ouverts, et surtout le plus d'alliés secrets ou discrets.

Félix Faure, président de la République, marchait à fond contre la révision. Son action devint même si marquée, si apparente, que la presse de combat dreyfusarde le prit pour cible. Elle lui prêtait des mobiles ignominieux, l'accusait de céder au chantage de la *Libre Parole* et de l'*Intransigeant,* prêts à lancer dans le public le « dossier secret » d'une cruelle affaire de famille. En revanche, Casimir Perier, son prédécesseur immédiat, était dreyfusard. Il n'était resté que six mois à l'Elysée. Le procès de 1894 s'était placé durant ces six mois. On racontait que, dès cette époque, il avait cru à l'innocence; on prétendait même que la condamnation de Dreyfus avait eu sa part dans une démission dont les causes étaient restées obscures. Quand on composait d'avance le grand ministère de la Révision, Casimir-Perier en était le chef, ou bien le ministre de la Guerre ; on l'affectait au rôle qui fut plus tard rempli par le général de Galliffet : faire accepter la révision à l'armée. Charles Dupuy, le plus heureux des aventuriers politiques de l'époque, celui qui fit la carrière la plus rapide et la plus courte, jouait sa partie contre les dreyfusards, mais Waldeck-Rousseau était avec eux, et ne le dissimulait pas. Waldeck avait été le collaborateur favori de Gambetta, le collaborateur le plus précieux de Ferry. Il appartenait à cette fraction de l'ancien « opportunisme » qui s'était infléchie vers le Centre sous les attaques radicales; Adrien Hébrard et Trarieux y appartenaient comme lui et étaient dreyfusards comme lui. Ranc qui représentait, lui, la gauche gambettiste, était dreyfusard de la première heure, ainsi que Thomson. C'est Ranc, vieux journaliste à la manière dure, un peu méprisante, qui soutenait dans la grande presse, avec Cornely, l'effort principal de la campagne. Ribot ne disait rien, parce qu'il était ambitieux et subtil, mais Aynard ne se gênait aucunement pour parler.

Quant aux jeunes chefs modérés, ceux dont la génération tout fraîchement promue ne devait guère bouger du pouvoir pendant plus de trente ans, et qu'on qualifiait déjà de « républicains de gouvernement » par vocation précoce, Poincaré, Barthou, Jonnart, Georges Leygues, nous les savions tous dreyfusards. Chaque fois que « l'Affaire » rebondissait par contrecoup en débat parlementaire, nous nous disions entre nous : « c'est cette fois que Poincaré parle... ». Poincaré ne rompit pourtant le silence qu'après nous avoir longtemps déçus. Il « libéra sa conscience » quand le fatal enchaînement de la Résistance conduisit « l'Etat-Major » à se saisir de Picquart et à le poursuivre comme faussaire. Barthou montra plus de réserve encore et pourtant plus de témérité. Lorsque la Chambre entra en session à l'automne de 1898, après le suicide du colonel Henry, après la décision du cabinet Brisson qui avait ouvert la procédure de révision, Barthou renversa le ministère dès la première séance. Il exploita l'émotion causée par le fameux « coup de Chanoine », c'est-à-dire par la démission que le ministre de la Guerre, successeur de Cavaignac et du général Zurlinden, avait lancée de la tribune même. La chute de Brisson fit perdre de longs mois et pouvait compromettre à jamais la cause. On n'était pas agréable à Barthou quand on lui rappelait ce souvenir. Il était un parlementaire avant tout : il n'avait pu résister à l'occasion tactique du moment, au sens de la manœuvre.

Tant que le ministère Méline avait vécu, la Droite avait été partie intégrante de sa majorité. Peut-être même la nécesssité de « s'appuyer » sur la Droite était-elle pour quelque chose dans la position prise par le vieil opportuniste dont l'opinion intime était faite. La Droite comprenait d'abord tous les membres des anciens partis, royalistes et bonapartistes, que le temps passé, la politique de Léon XIII, l'échec de Boulanger, n'avaient pas encore ralliés à la République, ensuite la plupart de ces « ralliés », en troisième lieu une fraction notable des anciens boulangistes. La situation des royalistes et des bonapartistes était curieuse, en ce sens qu'ils étaient en masse et violemment antidreyfusards, alors que leurs chefs naturels, les Princes, les prétendants, les membres des familles royale et impériale ne doutaient pas de l'innocence de Dreyfus. L'impératrice Eugénie, par exemple, était dreyfusarde convaincue et résolue. Ce n'était pas là un « bobard » comme tant d'autres conversions éclatantes révélées dans les conciliabules de la *Revue Blanche* ou de la Librairie Bellais. Le dreyfusisme de l'impératrice nous était garanti dès alors par Joseph Primoli, et aujourd'hui le fait est notoire. Je ne saurais dire par quelle voie avait cheminé le même bruit en ce qui touche le duc d'Aumale. Il ne faut pas s'étonner que le dreyfusisme eût ainsi gagné des partisans et des garants parmi les membres des anciennes familles régnantes. Rien n'était au contraire plus naturel. Toutes les cours d'Europe étaient dreyfusardes. Les informations venues de Berlin ou de Rome avaient circulé dans toutes les familles souveraines, unies par leur code particulier d'usages, mêlées d'ailleurs les unes aux autres par de multiples parentés. Ce milieu était celui des Orléans et des Bonaparte, surtout de ceux qui vivaient en exil ; ils avaient été entourés et gagnés par l'opinion commune. Cette opinion des cours européennes allait bientôt devenir l'opinion de l'Europe. Mais, si les Princes la subissaient, la masse de leurs fidèles y restait impénétrable et s'en fût d'ailleurs méfiée. L'impératrice était dreyfusarde, le duc d'Aumale était dreyfusard ; le pape et les plus hauts dignitaires de l'Eglise romaine l'étaient peut-être aussi, l'étaient sans doute. A la Chambre française et sur le sol français, royalistes, impérialistes, « cléricaux » croyaient à la trahison et honnissaient les complices du traître. Le levain antisémite et boulangiste travaillait toute la masse « réactionnaire ». L'amour de l'armée, la défense de l'armée outragée, servaient d'idées de ralliement. Noblesse de campagne, petit clergé, bourgeoisie bien pensante marchaient d'accord. A la Chambre les exceptions ne répondaient qu'à des cas de conscience tout à fait isolés, comme celui de Denys Cochin par exemple, et aussi — à ce qu'on assurait — comme celui de Paul de Cassagnac. Après la publication de *J'accuse,* ce fut la révolte indignée de la Droite et l'intervention du comte Albert de Mun, poussé par ses amis à la tribune, qui firent décider les poursuites contre Zola.

*

Quant aux socialistes, que j'ai gardés pour la fin, leur « unification » se plaçait encore dans une lointaine perspective, et l'essai que Jaurès tenta à la faveur de « l'Affaire » était destiné à l'échec. Quatre organisations nationales rivalisaient entre elles : Vaillant, Allemane, Brousse, Jules Guesde avaient chacun leur parti. A la Chambre, un cinquième groupe, celui des « indépendants » suivait Jaurès, Millerand, Viviani. Jaurès d'ailleurs, il ne faut pas l'oublier, fut battu aux élections générales de mai 1898 dans sa circonscription de Carmaux. Ceux des chefs socialistes qui se jetèrent le plus délibérément à ses côtés furent Rouanet, Marcel Sembat, lieutenant de Vaillant, et Allemane. Mais sur ce point encore il faudra débarrasser l'histoire d'un faux jugement qui a presque acquis la force d'une légende. On répète couramment : « Jaurès et ses amis étaient dreyfusards, Guesde et Vaillant ne l'étaient pas » et l'on cherche dans ce dissentiment une des causes de l'opposition qui les sépara. La vérité est très différente. Vaillant était dreyfusard et Guesde pas plus que Vaillant n'hésitait sur l'innocence de Dreyfus. Ni l'un ni l'autre n'étaient suspects de la moindre complaisance vis-à-vis des courants antisémite, boulangiste, nationaliste dont la Résistance s'imprégnait. Leur divergence de vues se rapportait uniquement à la tactique socialiste. Ils redoutaient que Jaurès, occupé tout entier et comme illuminé par l'œuvre qu'il avait entreprise, n'entraînât à sa suite la masse des militants ouvriers, ne concentrât et n'absorbât ainsi la propagande dans une tâche dont ils ne méconnaissaient ni l'intérêt, ni la grandeur, mais qui n'était pas cependant la mission propre et spécifique du socialisme. Ils s'opposaient à une dérivation qui pouvait devenir une diversion. Ils se demandaient par surcroît si, en s'engageant tout entier dans la bataille dreyfusiste, où il ne combattait pas seul, où il trouvait pour alliés d'un moment des adversaires permanents « de classe », le socialisme n'embarrasserait pas son action future de liens pesants et d'habitudes dangereuses. Jaurès écoutait ces appréhensions avec un optimisme enthousiaste et quelquefois irrité. Elles le choquaient comme une atteinte à l'idéal humain du socialisme et comme une sorte d'offense aux masses ouvrières. En s'abstenant d'agir, ou même en modérant son action, le socialisme s'altérerait, se diminuerait et, au contraire, en faisant sienne la victoire remportée sur l'injustice, en y imprimant sa marque, quelle force d'attrait et de rayonnement il allait acquérir, quelles puissances d'avenir il allait ouvrir devant lui ! En fait, l'optimisme de Jaurès ne fut qu'en partie ratifié par l'événement. Sa campagne revêtit le socialisme d'une nouvelle grandeur morale, le para d'une gloire, mais, en fin de compte, n'entraîna pas l'immense afflux de consentements et de convictions qu'il avait escompté. Les socialistes occasionnels de « l'Affaire » ne firent généralement dans le parti qu'une station assez brève. Une mode les avait donnés, comme devait dire plus tard Jaurès lui-même, la mode les reprit. Il y eut des exceptions à la règle, bien entendu ; celle de Pressensé aurait pu suffire.

Jaurès, sans être assurément un isolé, un enfant perdu, fut donc bien loin de trouver dans le groupe politique dont le public le considérait comme le chef un appui complet, unanime. Il n'en fut pas ébranlé. Il resta d'ailleurs beaucoup moins sensible aux réserves et aux craintes désintéressées de Guesde ou de Vaillant qu'aux défaillances des plus proches compagnons, de ces « indépendants » de la Chambre qui n'appartenaient, comme lui, à aucune organisation nationale. De ce côté, on n'était pas soucieux du « caractère spécifique de la propagande », mais de l'opinion immédiate, de la majorité parlementaire, de l'état présumé du corps électoral. A mesure que « l'Affaire » se prolongeait, avec ses péripéties changeantes et ses vicissitudes, on finissait par trouver Jaurès maladroit, gênant, compromettant. Il ne se risquait pas seul ; en irritant le sentiment national il le retournait pêle-mêle contre tous les hommes dont les noms avaient été couramment mêlés au sien. Il rendait les socialistes impopulaires... C'est là, non pas chez Guesde et chez Vaillant qu'il y eut, à proprement parler, du calcul. M. Millerand et Viviani se tinrent à l'écart de tous les débats qui visaient « l'Affaire ». Ils restèrent muets à leur banc le jour du discours de Cavaignac ; ils en votèrent l'affichage comme tout le monde. Dans la *Petite République,* le journal même où écrivait Jaurès, M. Millerand publia un article directorial qui tirait la barre, qui signifiait : « En voilà assez : maintenant « l'Affaire » est finie, finie pour nous[1] ».

Ces heures-là étaient cruelles pour Jaurès. Un soir, passant chez moi au sortir de la Chambre, où il ne fréquentait plus que la galerie des « anciens députés », il me conta que quelques camarades du groupe socialiste l'avaient entouré, entraîné du côté des Champs-Elysées. L'un d'eux, qui est mort et que je ne nommerai pas, l'avait pris à partie, presque invectivé : « Alors, Jaurès, est-ce que vous allez continuer longtemps encore ? Ne voyez-vous pas que vous nous perdez tous, que nos électeurs nous rendront solidaires de vous... » Jaurès avait répondu : « Vos électeurs sauront bientôt la vérité ; ce qu'ils vous reprocheront alors c'est votre mollesse, votre lâcheté, et vous viendrez me chercher pour vous excuser auprès d'eux ». Et Jaurès avait ajouté, avec son large sourire : « Je me connais bien, j'irai... »

1. Il y a là une confusion de souvenir qui m'a été signalée de plusieurs parts, notamment par Alexandre Zévaès qui appartenait alors à l'entourage intime de Jules Guesde, et par M. Lejeune, ancien secrétaire de la rédaction de la *Petite République.* L'article de M. Millerand, écrit au lendemain du discours de Cavaignac, et où il déclarait textuellement que ce discours « a soulagé la conscience publique » et que, pour son compte « il croirait désormais de son devoir d'observer le silence sur ce douloureux et irritant sujet » n'a pas paru dans la *Petite République* qu'il avait quittée depuis un an, mais dans la *Lanterne* (n° du 9 juillet 1898).

VI

Je viens de faire une nouvelle allusion au discours de Cavaignac ; c'est un des épisodes, ou plutôt l'un des moments sur lesquels j'ai besoin de revenir avant de terminer ces confidences. J'ai dit et je redis encore que je n'essaie pas d'écrire, pas même de dessiner une histoire. Je me défends derechef d'une telle ambition, et j'ai pris la précaution décisive contre moi-même, puisque je me suis astreint à ne consulter que mes seuls souvenirs, et que je me suis tenu parole. Je laisse le passé se reformer spontanément dans ma mémoire, mon unique effort étant d'en réchauffer les cendres par les émotions que je retrouve ardentes en moi. Je voudrais tant faire sentir, et, s'il se peut, faire comprendre, ce qu'a été le dreyfusisme pour les premiers dreyfusards ! J'ai expliqué notre attente, dans ce qu'elle avait d'avide, d'enthousiaste, de naïf, notre stupeur devant cette Résistance qui s'élevait de terre sous nos pieds et dont nous ne devions reconnaître que lentement les origines. J'ai montré comment nous fûmes engagés sans notre aveu, presque à notre insu, dans une lutte qui sépara, mêla, refondit tout autour de nous. Je ne veux plus, pour achever, qu'évoquer les heures de cette lutte qui sont restées pour moi les plus intenses. Et je m'aperçois que les plus intenses ont été les plus atroces — oui, celles qui me font encore frémir après tant d'années, celles où mes amis les plus proches et moi avons cru que la Résistance l'emportait une fois pour toutes, que tout était fini, que tout était perdu... Nous avons connu deux fois cet accablement qui semblait interrompre la vie, frapper le monde d'une malédiction : après le discours de Cavaignac, et, six mois auparavant, après l'acquittement d'Esterhazy.

Il faut bien saisir l'état des choses. La presse dreyfusarde, après avoir énoncé ou insinué les présomptions négatives de l'innocence, avait livré, à son corps défendant, la preuve positive : elle avait dénoncé Esterhazy. Le ministère Méline et l'Etat-Major répondirent aussitôt par un coup droit ; ils ouvrirent une information contre Esterhazy et le traduisirent devant un conseil de guerre. A compter de ce moment la position juridique était renversée. La révision de la sentence qui avait frappé Dreyfus se trouvait suspendue à l'arrêt du conseil de guerre qui allait juger Esterhazy. Si le « Uhlan » était condamné, et condamné pour le crime même dont Dreyfus avait été déclaré coupable, le « fait nouveau » exigé par la loi résultait de la contradiction entre deux choses jugées. La révision s'imposait ; elle devenait automatique. Mais si Esterhazy était acquitté ? Oh ! alors, Dreyfus était condamné pour la seconde fois. Une seconde chose jugée s'opposait comme la première à la campagne de révision. Nous avions soutenu que Dreyfus était innocent parce que Esterhazy était coupable, que Dreyfus ne pouvait pas avoir écrit le « bordereau » puisque le « bordereau » était l'œuvre d'Esterhazy. Une décision souveraine de justice proclamerait au contraire qu'Esterhazy était innocent, c'est-à-dire que Dreyfus était coupable, que le « bordereau » n'était pas l'œuvre d'Esterhazy, c'est-à-dire qu'il avait été écrit par Dreyfus. Comment forcer après cela l'inertie savante de Méline répétant tenacement : « Il n'y a pas d'affaire Dreyfus » ? Au regard des juristes, son attitude deviendrait inexpugnable. Comment ramener à nous l'opinion, après qu'un second conseil de guerre, comprenant un nombre égal d'officiers français, statuant, lui, en pleine connaissance de cause, aurait corroboré, homologué le jugement du premier ?

Nous comprenions bien que « l'Etat-Major » venait de risquer un coup de partie, de jouer le tout pour le tout. Mais, pas un instant nous n'eûmes l'esprit seulement touché par l'idée que l'acquittement d'Esterhazy fût possible. C'est entendu, Esterhazy serait jugé à huis clos, comme l'avait été Dreyfus il y a quatre ans. Mais cette fois l'opinion était en éveil, la critique vigilante ; les juges étaient avertis, et ne se laisseraient pas surprendre ou duper comme les juges de Dreyfus. Les spécimens d'écriture seraient là, étudiés par d'autres experts et saisissant le conseil de leur évidence. Le « petit bleu » serait là. Mais surtout, Picquart serait là, car on ne pouvait songer à esquiver son témoignage et on l'avait en effet rappelé de son exil. Picquart serait là, enfin délié de son secret ; il parlerait librement, face à face, à des juges militaires qui étaient ses camarades, et il ferait éclater la vérité. Nous nous réjouissions en sourdine que la décision de Méline et de « l'Etat-Major » procurât si simplement le résultat auquel nous nous étions acharnés en vain : lancer Picquart en plein courant de « l'Affaire ». Certains d'entre nous, les incorrigibles, concluaient sur un ton de sévérité : « Vous voyez bien... pourquoi crier tant contre Méline, pourquoi déblatérer contre les " grands chefs " ? Ils savent bien que Esterhazy sera condamné, et c'est cette condamnation qu'ils cherchent. Ils ont choisi ce détour pour préparer la révision en douceur ; c'était peut-être la meilleure voie... » Voilà dans quel enchantement d'espoirs nous nous complaisions. L'acquittement d'Esterhazy, à l'unanimité, sans discussion, tomba sur nous comme un coup de massue.

Qu'allions-nous devenir, qu'allions-nous faire ? L'innocence d'Esterhazy était juridiquement reconnue ; le témoignage de Picquart était disqualifié ; la révision devenait impossible. Elle se heurterait désormais à un système de Résistance clos, complet, parfait. Nous restions là, atterrés, désespérés, devant les débris de notre œuvre rompue entre nos mains. Ce fut un de ces moments où toute croyance se retire, où l'on se sent isolé et perdu dans un monde à jamais hostile, où l'univers même paraît se dépeupler, se vider. Comme tous les hommes, j'ai connu dans ma vie un certain nombre d'heures semblables à celle-là.

Il existe pour moi quelques maîtres mots qui en expriment la désolation, qui me reviennent mécaniquement à l'esprit chaque fois qu'un écart béant se creuse ainsi entre la réalité et les constructions de la pensée ou du rêve. Ils n'ont certainement cette valeur que pour moi seul ; je les transcris cependant. C'est une phrase de *Guerre et Paix* que j'avais lue, adolescent, dans la vieille traduction de Hachette : « Tout était si étrange, si différent de ce qu'il avait espéré… »

*

J'étais au plus profond de cette dépression quand l'aspect des choses changea soudain. Ce système de la Résistance, clos, complet et parfait, une explosion venait de le bouleverser. Un poing énergique venait de briser les vitres dans cette chambre verrouillée où la cause de la Révision était condamnée à l'asphyxie. L'*Aurore* avait publié le *J'accuse…* de Zola. J'habitais alors un rez-de-chaussée, en haut de la rue du Luxembourg, dans l'axe de l'allée de platanes qui débouche vers la rue d'Assas. Au coin de la grille du jardin s'élevait la cabane en planches d'un marchand de journaux, le père Granet. J'ignorais jusqu'alors que mon marchand de journaux fût dreyfusard, comme mon dentiste, mais je me rappelle parfaitement le matin d'hiver où le père Granet, frappant du dehors à mon volet, me réveilla en s'écriant : « Vite, monsieur, lisez ça… C'est un article de Zola dans l'*Aurore* ». J'ouvris en hâte ma fenêtre, et je pris des mains du père Granet le journal qu'il me tendait. A mesure que je lisais, il me semblait absorber un cordial puissant; je sentais remonter en moi la confiance et le courage. Allons! ce n'était pas fini; la défaite subie n'était pas sans remède; on pouvait encore se battre, on pouvait encore vaincre. La Résistance ne survivrait pas au coup massif que Zola lui assenait?

Sous la forme d'un réquisitoire terrible, qui ne ménageait plus rien, qui désignait enfin par leur nom les faits et les hommes, le *J'accuse...* contenait l'appareil complet, cohérent de la démonstration dreyfusarde, ce que Barrès nous avait tant reproché de démembrer bribe à bribe et de distiller goutte à goutte. Comment l'opinion ne céderait-elle pas à cette évidence? Comment ne serait-elle pas touchée, conquise, par la vaillance tranquille et magnifique avec laquelle l'auteur de *J'accuse* s'exposait? Je n'ai pas relu *J'accuse* depuis de bien longues années. Je sais cependant que ces quelques pages sont, au sens propre de l'expression, un chef-d'œuvre. Un article de journal peut être un chef-d'œuvre; une page de prose peut être un chef-d'œuvre aussi bien qu'un court poème; la dimension ne fait rien à l'affaire, pas plus que le temps. Il existe une littérature dreyfusarde qui laissera les chefs-d'œuvre. Le *J'accuse* est du nombre, avec *M. Bergeret à Paris* et l'oraison funèbre de Zola, avec le *journal* de Jules Renard, avec le chapitre de Marcel Proust où Swann apparaît à la fête du prince de Guermantes, avec les *Preuves* de Jaurès, avec cet étonnant *Jean Barois* où l'atmosphère dreyfusarde, l'âme dreyfusarde, sont recomposées en dehors de toute impression directement reçue — Roger Martin du Gard était trop jeune — par la seule intuition de l'art : car, plus puissant en cela que la science, l'art reconstitue la vie.

Je me demande, en y pensant, si pleine justice a été rendue au Zola de « l'Affaire ». Il y a l'oraison funèbre d'Anatole France, je ne l'oublie pas ; mais en dehors de France, a-t-on bien senti, a-t-on assez dit que l'acte de Zola fut vraiment celui d'un héros ? Il faut considérer que Zola n'était plus jeune, qu'il était parvenu à l'extrémité d'une carrière violente, faite de risques, d'entreprises et de défis. Avec un parti pris de révolte froide et méthodique, il avait bravé toutes les formes de la convention : les règles, les usages, le goût, la pudeur. Chacune de ses œuvres de romancier, chacune de ses campagnes de critique avait été une bataille. A force d'obstination et de « tempérament », comme il disait lui-même, il avait fini par jeter à bas tous les obstacles. Il avait conquis le public, conquis la fortune, conquis la notoriété européenne, conquis de haute lutte les honneurs, qu'il ne goûtait pas, mais que par principe et par point d'honneur il estimait lui être dus. L'Académie lui manquait seule, mais ce n'était plus que l'affaire d'un peu de patience. Il s'était installé dans sa victoire, il en jouissait, non sans un peu de satisfaction bourgeoise qui lui était venue avec le repos, « après fortune faite ». Et voilà qu'il aventurait d'un coup la récompense de quarante ans de travail, qu'il se jetait à corps perdu dans une bataille, plus âpre, plus dangereuse que toutes les autres ; voilà qu'il s'exposait de nouveau à toutes les haines, à tous les outrages ! Tout cela sans nul intérêt touchant sa personne, ses opinions, son métier, sans nul souci de tapage et de gloriole comme on l'a supposé bassement — grands dieux ! on avait déjà fait assez de bruit autour de son nom ! — mais par un besoin de révolte encore inépuisé, par une sorte d'intolérance physique du mensonge et de l'injustice. Il ne s'exposait pas seulement par métaphore, il exposait réellement sa personne ; il appelait sur lui l'attentat, la prison, l'exil. Plus je réfléchis, plus je pèse, et plus j'admire le Zola de « l'Affaire ». Mais alors la violence avait faussé toutes les mesures. Pour les dreyfusards, Zola était moins un héros qu'un allié inattendu et inestimable. Pour les adversaires, il était un métèque, un perverti à demi dément, un agent vénal du « Syndicat ». De part et d'autre, la passion avait rendu insensible à la grandeur.

Je ne m'étais pas mépris dans ma lecture matinale ; le père Granet ne s'était pas trompé. Le *J'accuse...* bouleversa Paris en une journée. « L'espoir changea de camp, le combat changea d'âme... » Le dreyfusisme était « regonflé ». Nous sentîmes refluer, remonter en nous la confiance, tandis que les adversaires accusaient le coup reçu par leur fureur. Fureur bienheureuse qui aboutit aux poursuites et au procès ! Bien entendu, le vieux Méline, fidèle à sa tactique redoutable, ne voulait pas poursuivre. Il pénétrait fort bien le dessein, d'ailleurs apparent, de Zola. En même temps qu'une somme des preuves, qu'une prise à partie des coupables, qu'un cri déchirant d'appel, le *J'accuse* était un défi, une provocation calculée pour contraindre précisément aux poursuites, pour ouvrir par effraction le procès public qui annulerait l'acquittement secret d'Esterhazy. Ni Méline, ni, je pense, « l'Etat-Major » n'étaient enclins à tomber dans ce panneau. Le numéro de l'*Aurore* avait fait un vacarme diabolique ; un souffle de tempête agitait à nouveau l'opinion ; soit, mais la conduite prudente était de laisser passer, de « laisser tomber ». Au bout de quelques semaines, le vacarme et l'agitation s'apaiseraient. Zola serait réduit au rôle ridicule de l'homme qui veut à toute force être traduit devant des juges, mais qu'une justice dédaigneuse laisse paisiblement chez lui. Aux clameurs affaiblies de la polémique dreyfusarde, le gouvernement répondrait avec plus de tranquillité que jamais : « Il n'y a pas d'affaire Dreyfus. Dreyfus a été condamné par ses pairs. Vous avez prétendu qu'il avait été condamné faussement pour le crime d'un autre. Eh bien ! je vous ai donné librement la plus généreuse satisfaction. J'ai poursuivi cet autre, et ses pairs l'ont acquitté. Deux choses jugées se superposent désormais. Mon rôle est fini, vous ne tirerez plus de moi un geste. »

Et, certes, si Méline et « l'Etat-Major » s'étaient renfermés dans ce raisonnement invincible, s'ils s'étaient dérobés à tout contact, à toute prise, l'aventure héroïque de Zola aurait fini par s'éteindre dans la lassitude et l'épuisement. Mais le vieux Méline, prudent comme Nestor, dut céder à la colère vengeresse des boulangistes et des droitiers qui se sentaient déjà les maîtres. La Chambre l'interpella ; un remous de séance emporta ses sages calculs. Albert de Mun l'obligea à lâcher le lest des poursuites. Les membres du conseil de guerre devant qui Esterhazy avait comparu, accusés par Zola d'avoir acquitté par ordre, furent chargés de déposer la plainte [1]. Le procès Zola s'ouvrit, à Paris, en audience publique. Le désastre était donc réparé. Avant même que la cause fût appelée, Zola avait réussi son coup héroïque.

*

J'essaie en vain de me rappeler par quelle filière ou sur quel conseil Fernand Labori fut désigné comme défenseur de Zola. J'ai dû le savoir ; je l'ai oublié. La notoriété d'avocat de Labori commençait à dépasser le Palais. Son ambition encore indécise était attirée par la Politique et par les Lettres : il préparait, à Reims, une candidature modérée, et il avait fondé quelques années auparavant la revue mensuelle qui est devenue plus tard la *Grande Revue.* Ce choix

1. La plainte ne fut pas déposée par les membres du Conseil de guerre, mais par le ministre de la Guerre agissant en leur nom, ce qui était contraire à la loi et rendait nulle toute la procédure. Après la condamnation de Zola ce « moyen » fut relevé devant la Cour de cassation par Me Mornard, ce qui permit le premier succès dreyfusiste auprès de la Cour Suprême. Mon erreur m'a été signalée par Me Goudchaux Brunschvicg, qui était alors un des collaborateurs de Me Mornard.

aurait pourtant déçu notre camp « révolutionnaire », si nous n'avions pensé que les deux frères Clemenceau, Georges et Albert, qui eux défendaient l'*Aurore,* s'étaient réservé les grandes opérations d'attaque. J'étais en ce temps un juriste passable, bien que spécialisé dans une autre branche du droit ; j'appartenais à une grande magistrature ; je pouvais donc assumer quelques travaux utiles et je me mis aussitôt à la disposition de Labori. Bien des matins, je fis le trajet de la rue du Luxembourg à l'appartement de la rue de Bourgogne où il venait de s'installer. Ma tâche du moment m'était distribuée, tantôt par lui, tantôt par l'un de ses collaborateurs Hild et Monira. J'étais chargé d'étudier certains points litigieux de droit criminel, de préparer d'avance la riposte à quelques-unes des difficultés que ne manqueraient pas d'opposer la Cour ou le ministère public, et certaines des « conclusions » dont il fut fait pendant le procès une consommation si abondante sont plus ou moins littéralement mon œuvre. J'ai donc coopéré, bien qu'obscurément à la préparation technique du procès ; j'ai assisté à presque toutes ses audiences, et je ne veux pas le *raconter* plus que le reste ; je m'essaie seulement à faire sentir dans quelle disposition d'esprit je le suivais.

Le spectacle était dramatique, grandiose, mais, somme toute, ce n'est pas au spectacle que j'étais vraiment sensible. Sans doute je le percevais, il pénétrait en moi. Je participais aux mouvements de foule qui, à chaque incident, dressaient face à face et menaçaient de jeter les uns sur les autres les hommes de la Révision et les hommes de la Résistance. J'étais pris, comme mes amis, dans les courants soudains qui parcouraient la salle des Assises et ses entours, le Palais et ses abords, dans ces houles irrésistibles dont je n'ai reconnu l'image, depuis lors, que dans de grandes journées de passion populaire. Je retrouve en moi, à peine altérée par le temps, la puissance pathétique de certaines scènes : l'apparition de Picquart, sa première apparition publique ; le terrible interrogatoire administré par Albert Clemenceau à Esterhazy muet ; l'interpellation du général de Pellieux au jury : « Voulez-vous que nous conduisions vos enfants à la boucherie ? » Ce Pellieux, soit dit en passant, frère du « baron » qui enseigna l'arithmétique à tant d'élèves de Henri-IV, était un fort honnête homme, et sa tirade faisait d'autant plus d'effet qu'elle était lancée de bonne foi. Donc, tous ces tableaux ont conservé dans ma mémoire leur couleur, leur animation, leur force. Mais le procès, pour moi, ce n'était pas cela. Ce à quoi je m'attachais de toute ma présence, de toute mon attention, ce sur quoi mon intelligence et mon âme étaient entièrement fixées, c'était le cheminement de la preuve, c'était la progression logique de la vérité.

Oui ou non, le procès Zola allait-il fournir l'évidence publique ? Oui ou non allait-il casser la décision qui avait acquitté Esterhazy, annuler l'effet moral, sinon l'effet juridique, de la sentence ? Oui ou non allait-il créer en faveur de la révision une sorte d'obligation, la nécessité rationnelle à laquelle les forces de Résistance seraient tôt ou tard obligées de se soumettre ? Voilà les questions qui dominaient pour moi toutes les autres. Je puis même dire qu'elles se posaient seules à mon esprit. J'étais penché sur les débats comme le savant sur le creuset d'une expérience. A mesure qu'ils se développaient, je me demandais même si le procès Zola n'était pas déjà, par lui-même et à lui tout seul le procès de révision, et tel sera bien, je crois, le jugement de l'histoire. Le vrai drame était là, non pas dans telle ou telle péripétie d'audience, dans telle ou telle confrontation à grand apparat, mais dans cette marche de la vérité, s'avançant pas à pas, puis s'emparant soudain d'un avantage imprévu et décisif, bouleversant les machinations du mensonge comme la sortie d'une garnison bouscule les travaux de sape et de mine.

Zola fut condamné par le jury, mais peu importait ; nous étions convaincus que le procès Zola avait décidé de « l'Affaire » ! C'est moi qui en rendis compte dans la *Revue Blanche.* Je n'ai pas voulu relire mon article, pas plus que le reste. Mais je sais ce qu'il est sans l'avoir relu : un état des résultats acquis, un bilan des faits démontrés, une table de rapprochement et de concordance. Les chefs de la Résistance, comprenant enfin leur faute, avaient eu beau se débattre pour circonscrire le procès dans son cadre strict : la plainte d'un Conseil de guerre accusé d'avoir acquitté par ordre ; la Cour et le Ministère Public avaient eu beau se multiplier pour « ramener la défense à la question » — la question étant : pouvez-vous justifier d'un ordre précis enjoignant au Conseil de guerre d'acquitter ? — toute l' « Affaire » était passée par la brèche ouverte dans le système de Méline. Les affirmations essentielles de Zola étaient vérifiées par débat contradictoire et public. L'illégalité commise au procès de 1894 était prouvée, ce qui suffisait pour imposer la révision ; l'absurdité de l'attribution du « bordereau » à Dreyfus était démontrée ; les trames de « l'Etat-Major » contre Picquart étaient découvertes ; les charges pesant sur Esterhazy s'étaient assemblées avec une pesante probabilité, pour ne pas dire avec certitude. On avait vu, en chair et en os, face à face, Picquart d'un côté, « le Uhlan » de l'autre ; on avait pu juger et comparer. Pour arracher le verdict de condamnation, il avait fallu, somme toute, recourir à un dossier secret, tout comme en 1894. En désespoir de cause, le général de Pellieux était venu déclarer au jury, avec son accent d'honnête homme : « Il existe à l'Etat-Major une preuve sans réplique, un document portant le nom même de Dreyfus. On ne peut pas vous le montrer ; les conséquences seraient trop graves..., mais, moi, j'atteste que je l'ai vu... »

VII

Six mois plus tard, au début de juillet 1898, tout était remis en question. La cause gagnée sembla soudain reperdue. La construction échafaudée avec tant de labeur et de courage s'effondrait pour la seconde fois. Godefroy Cavaignac, ministre de la Guerre depuis quelques semaines, dans le cabinet Brisson, avait porté devant la Chambre les conclusions de son étude personnelle du dossier. Il avait affirmé la culpabilité de Dreyfus. Il avait produit les pièces sur lesquelles sa conviction s'étayait. La Chambre entière l'avait acclamé ; par un vote unanime — à une voix près, si j'ai bonne mémoire — elle avait ordonné l'affichage de son discours. Ce fut l'autre moment atroce.

L'opération de Cavaignac était d'autant plus saisissante qu'elle prenait exactement le contre-pied du système de Méline. Au lieu de répéter, comme le précédent gouvernement, qu'il ne savait pas ce qu'était « l'Affaire », qu'il se refusait à toute controverse, Cavaignac, par une contre-offensive délibérée, s'attaquait au cœur de la démonstration dreyfusarde.

Oui, il y avait une affaire Dreyfus ! Oui, il fallait la régler une bonne fois ! Les dreyfusards avaient critiqué le dossier, mais sans le connaître ; lui, il allait l'étaler à tous les yeux. Ils avaient fait appel à l'opinion ; lui, il allait faire l'opinion juge et lui soumettre tous les éléments du jugement. Vous avez appelé le débat public ; soit, allons-y ! Et il publiait, en effet, devant la Chambre et devant le pays, l'appareil logique de sa certitude. Dreyfus avait réellement trahi. Les archives du deuxième bureau de l'état-major contenaient, sous une double forme, la moins récusable de toutes les preuves, l'aveu. Dreyfus avait avoué, le jour de sa dégradation militaire, et surtout ses patrons, ceux qui l'avaient embauché, qui l'employaient, qui le payaient, avaient avoué à leur tour. Il existait une correspondance entre les attachés militaires d'Allemagne et d'Italie où Dreyfus était nommé en toutes lettres — c'était le dossier secret dont le général de Pellieux avait déjà fait état devant le jury du procès Zola. Dreyfus n'y était pas seulement nommé ; les attachés militaires le désignaient formellement en tant que traître, et convenaient d'avance des précautions ou dénégations nécessaires pour le cas où ils seraient mis en cause. Cavaignac énumérait les raisons qui ne permettaient pas de mettre en doute l'authenticité de ce « document-massue » après lequel il n'y avait plus de débat.

La thèse dreyfusarde était donc atteinte en son centre vital. A côté de cette preuve directe de la culpabilité que pouvaient peser les expertises ou les témoignages, les présomptions ou les inductions ? Et, puisque Dreyfus était proclamé coupable, démontré coupable, la campagne des antisémites et des boulangistes recevait du coup une homologation officielle. Esterhazy était bien le faux traître qu'on avait choisi d'avance pour le substituer au véritable, justement parce qu'il réunissait tous les caractères de l'emploi. Les dreyfusards étaient bien le syndicat vénal monté par les coreligionnaires et les patrons du traître, par les Juifs et les Allemands. Picquart était bien l'agent du Syndicat. Le petit bleu, qui accusait Esterhazy, était bien une pièce falsifiée. L'instinct populaire, l'instinct national avait vu clair.

Voilà ce que Cavaignac avait dit ou laissé entendre à une Chambre enthousiasmée et nul ne pouvait lui tenir ce langage avec plus d'autorité. Sitôt chargé du portefeuille de la Guerre, il avait voulu « se faire une conviction ». Il avait travaillé lui-même ; il avait apporté à l'examen du dossier un jugement frais, impartial, car, quelles que fussent ses inclinations instinctives, il n'avait jamais pris position. Sa probité irréprochable, presque professionnelle, la sévérité de sa vie, la gravité de sa parole, tout, jusqu'à sa formation et à ses habitudes de « scientifique », faisait de lui le moins récusable des arbitres. Fils de proscrit, petit-fils de régicide, neveu d'un héros des insurrections républicaines, nul ne pouvait le soupçonner de connivence avec les chefs réactionnaires de la Résistance ou avec les chefs cléricaux de « l'Etat-major ». D'avance, la nouvelle Chambre, fraîchement élue du mois de mai, s'en était remise à lui, et voilà que la sentence était rendue. Nous n'étions pas plus avancés qu'au début de la campagne. Comme au jour de l'acquittement d'Esterhazy, Dreyfus avait été condamné pour la seconde fois.

Je n'assistais pas à la séance de la Chambre. Herr était chez moi à la fin de l'après-midi, quand les nouvelles nous furent apportées toutes chaudes par un de ses amis, nommé Félix Mathieu, garçon bizarre et plein de verve, qui avait pris Pascal en haine particulière, et qui consacra plusieurs articles de la *Revue de Paris*, à établir ses plagiats scientifiques. Nous écoutâmes Mathieu sans bien saisir d'abord le sens de ses paroles. Nous aussi, nous nous en étions remis à Cavaignac, depuis la constitution du cabinet Brisson, nous aussi nous avions espéré en lui. Nous le savions probe, laborieux, méthodique. D'ailleurs, la probité suffisait ; pour arriver à la conclusion : « Dreyfus est innocent », il n'était pas besoin d'un ancien « bottier » de Polytechnique, il ne fallait que le bon sens honnête d'un enfant. Et voilà que Cavaignac déclarait Dreyfus coupable. Il s'était porté garant de la culpabilité ! Il s'était porté garant de l'authenticité des pièces qu'il avait lues ! Il s'était porté garant de la réalité de l'aveu à Lebrun-Renaud ! Ce qui était effrayant, effarant, c'était qu'il pût croire à tout cela de bonne foi. Et la Chambre entière l'avait acclamé ! Personne, vraiment personne, n'avait bronché ; personne ne s'était levé de son banc pour répliquer ou même pour interrompre. Nous en connaissions pourtant, à la Chambre, des hommes qui savaient comme nous, qui n'auraient pas dû se sentir ébranlés plus que nous. Nous ne pouvions pas, nous ne voulions pas douter de leur courage. S'ils s'étaient tus, c'est donc qu'ils avaient été gagnés, pour le moins troublés, par le discours de Cavaignac, c'est que leur foi avait été atteinte, et cette idée redoublait notre effroi, notre effarement.

Si j'avais eu, dans ce temps-là, l'expérience de la vie parlementaire, ma désolation eût été moins accablante ; je me serais rendu un compte plus exact de ce que l'unanimité de la Chambre, de ce que le mutisme de nos plus sûrs partisans signifiaient. J'aurais connu la puissance contagieuse, dans une Assemblée, de certains mouvements de psychose collective. J'aurais su combien il faut de vaillance intime, non seulement pour y résister, mais même pour ne pas y participer. J'aurais su aussi, pour l'avoir éprouvé, qu'ils retombent souvent d'eux-mêmes en quelques instants. Il m'est arrivé, à sept heures du soir, quand je faisais tête publiquement au courant, de me sentir baigné d'une foule si hostile qu'elle m'aurait volontiers lynché sur place, et à neuf heures, dès la reprise de la séance, de voir les furieux m'entourer en me disant : « C'est vous qui aviez raison. » Cependant, quelque chose restait exact, terriblement exact. Durable ou non, l'effet produit sur la Chambre allait se répercuter sur la presse dès le lendemain, sur la masse du public dans les jours prochains. L'atmosphère était renouvelée et nous redevenait hostile. Quel espoir raisonnable restait-il d'obtenir la révision de Cavaignac, de la lui faire imposer par la Chambre, de la faire imposer à la

Chambre par l'opinion ? Quand le malheureux innocent reviendrait-il de son rocher sauvage ? Tout échappait de nos mains ; nous étions là devant la peine perdue.

Je revois avec précision ce soir d'été, Lucien Herr et Mathieu, assis avec moi dans la chambre où je travaillais. Après le récit de Mathieu, nous nous étions tus tous les trois. Nous restions, la tête dans nos mains, muets et immobiles. Pleurions-nous ? L'oppression contraignait-elle nos larmes ? Je ne sais trop. Je cherche en vain les mots qui rendraient communicable cette pesanteur d'abattement, de consternation, de deuil. Tout à coup, la sonnette tinta et Jaurès poussa la porte. Nous nous tournâmes tous trois vers lui, toujours sans mot dire, d'un mouvement qui signifiait : « Asseyez-vous là, pleurez avec nous... » Mais au contraire il se mit à nous invectiver avec un accent que j'entends encore, où il y avait de la véhémence, de la colère, mais aussi quelque chose de triomphant et de radieux : « Alors, quoi ? Vous aussi ? Tout à l'heure, à la sortie de la Chambre, j'ai dû me débattre contre un groupe de camarades qui m'entouraient, qui me pressaient. Ils s'imaginent que tout est fini, les nigauds, ils m'adjuraient de clore ma campagne. Mais ne comprenez-vous pas que maintenant, et maintenant pour la première fois, nous tenons la certitude de la victoire ? Méline était invulnérable, parce qu'il se taisait. Cavaignac parle, discute, donc il est vaincu. Nos seuls adversaires dangereux étaient le mystère et le silence. Maintenant que Cavaignac a donné l'exemple, il faudra tout publier, tout exhiber, il faudra que « l'Etat-major » épuise ses réserves. On ne pourra plus nous glisser à l'oreille : « Mais, vous savez, il existe une pièce secrète qui... » Nous contrôlerons tout, nous vérifierons ce qui est authentique et ce qui est faux. Les pièces que Cavaignac a citées tout à l'heure, eh bien ! moi je vous jure que ce sont des faux. Elles sentent le faux, elles puent le faux. Ce sont des faux, d'ailleurs imbéciles, fabriqués pour couvrir d'autres faux. J'en ai eu la certitude rien qu'à l'entendre et j'en ferai la preuve. Les faussaires sont sortis de leur trou ; nous les tenons maintenant à la gorge... Ne prenez plus ces airs d'enterrement ; faites comme moi, réjouissez-vous... »

Nous l'écoutions ; dès ses premiers mots, une révélation nous avait instruits qu'il avait raison. Je me sentais inondé par la même joie de résurrection que pendant la lecture matinale de *J'accuse.* Jaurès ajouta : « Tout de même, le silence, l'acquiescement muet, le vote unanime, c'est triste... C'est triste qu'il ne s'en soit pas trouvé un seul... Pour la première fois j'ai déploré mon échec de Carmaux... Enfin, il me reste le journal. » En effet, aussitôt après, la *Petite République* commençait la série des *Preuves.* Après la seconde chute venait le second miracle.

*

J'ai compté les *Preuves* parmi les chefs-d'œuvre de la littérature dreyfusarde et je ne retire rien de ce jugement. Si j'inspirais à mes lecteurs l'envie de le vérifier, fût-ce par esprit de contradiction, combien je m'en féliciterais ! Peut-être auront-ils quelque peine à mettre la main sur la brochure, qui n'a jamais été réimprimée, et qui n'a pas encore pris place dans la publication des *Œuvres complètes.* Elle n'existe que sous sa forme primitive, en petit livret de propagande tiré à la hâte sur du papier à chandelle. Comme elle n'est qu'un recueil d'articles, écrits au hasard d'une existence surmenée, et réunis sitôt qu'écrits, je ne doute pas qu'on n'y trouve des longueurs ou des redites. Je pense aussi qu'un certain nombre d'allusions personnelles ou d'arguments personnels ont perdu leur couleur ou leur verve, que le temps passé a fané quelques agréments. N'importe, le livre est durable. Si un ouvrage de notre temps peut être rapproché des *Provinciales,* c'est celui-là.

Les *Preuves* ont joué le même rôle vis-à-vis du discours de Cavaignac que le *J'accuse...* et le procès Zola vis-à-vis de l'acquittement d'Esterhazy. Elles ont repris tout le terrain perdu ; elles ont conquis de nouveaux avantages, puisque la chance de la Révision se fortifiait nécessairement de chaque vice démontré de la Résistance. Chaque matin, d'article en article, on voyait la vérité se reformer, se réassembler, comme au procès Zola d'audience en audience. Jaurès instruisait « l'Affaire » à lui tout seul, de fond en comble. Il reprenait l'une après l'autre, sans en omettre une seule, toutes les charges articulées contre Dreyfus depuis le procès de 1894. L'une après l'autre elles étaient soumises au contrôle d'un large bon sens, tranquille, presque joyeux, et terrible. L'ampleur et la rigueur du travail logique donnaient à la construction quelque chose de majestueux. Mais, bien entendu, c'est sur le discours de Cavaignac qu'était dirigé le gros de l'effort. C'est là que l'ironie dialectique prenait vraiment un tour pascalien. Par un chef-d'œuvre de la critique externe, puisqu'il n'avait pas les documents sous la main, qu'il n'en connaissait ni la consistance matérielle, ni même la teneur littérale, Jaurès en démontrait sans réplique le caractère frauduleux... Sa démonstration portait essentiellement sur la pièce dont Cavaignac avait fait la pierre angulaire de son discours, sur la lettre de l'attaché militaire où Dreyfus était nommé. Jaurès montrait avec un débordement, avec un luxe d'évidence, que la soi-disant lettre était un faux, qu'elle ne pouvait pas être autre chose qu'un faux. Il établissait par qui le faux avait été fabriqué, à quelle date, à quelle occasion, dans quel but. La parole qu'il nous avait donnée était largement tenue. Tout cela sans nul effet oratoire, sans nulle recherche d' « écriture », comme on disait alors, la beauté naissant simplement de la symétrie architecturale de la construction, de l'exacte adaptation à la fin, d'un accent particulier de vaillance dans la conviction, et aussi, parfois, de cet enjouement exquis, à la mode cicéronienne, qui était un des charmes de son esprit.

La commotion produite sur l'opinion par le *J'accuse...* se renouvela en se débitant, en s'étalant sur des semaines entières. Le discours de Cavaignac, du fait même qu'il affirmait la culpabilité comme démontrée, avait jeté le discrédit sur le camp de la Révision. La série de Jaurès, par un effet inverse, déshonorait la Résistance. Elle donnait à la thèse dreyfusiste une extension démesurée ; les dimensions de « l'Affaire » s'agrandissaient au-delà de tout ce que nous avions pu prévoir. Car, enfin, si la pièce citée par Cavaignac était vraiment un faux, si le faux, au lieu d'être apporté du dehors et vendu par un forban quelconque, avait été vraiment fabriqué à l'intérieur de « l'Etat-Major » par les chefs du deuxième bureau, si les faussaires avaient vraiment poussé l'audace jusqu'à prendre pour dupe et pour victime leur ministre lui-même, c'est tout un abîme de félonie et de scélératesse qu'on voyait s'ouvrir devant soi. Cavaignac avait dit : « Quels intérêts ont pu pousser les dreyfusards à sauver à tout prix un coupable ? » Jaurès répondait : « Quels intérêts ont pu pousser les hommes du deuxième bureau à accumuler des crimes pour arrêter la justification d'un innocent ? » Tout le destin de « l'Affaire » se trouvait ainsi concentré sur un point unique : la lettre de l'attaché militaire est-elle authentique, comme l'avait affirmé Cavaignac, est-elle fausse comme Jaurès l'avait démontré ?... Avant même qu'on eût fini d'imprimer la brochure où la série des *Preuves* avait été précipitamment réunie, un tragique coup de théâtre vérifiait les inductions expérimentales de Jaurès. La lettre de l'attaché militaire était bien un faux. Elle avait bien été fabriquée au lieu que Jaurès avait dit, au moment qu'il avait indiqué, par l'homme qu'il avait désigné. A la fin d'août, le colonel Henry faisait devant Cavaignac l'aveu du crime et se coupait la gorge dans sa cellule du Mont-Valérien.

Se rappelle-t-on le mot de Pascal qui jette une lueur si pénétrante sur ce qu'on appelle le mérite, le talent ou le génie ? « Je n'admire pas chez un homme l'excès d'une vertu si je n'y trouve en même temps l'excès de la vertu opposée... » Ces trouvailles sont rares : il est rare qu'une vertu et la vertu opposée se rencontrent dans le même homme, et surtout qu'elles s'y rencontrent avec le même excès. Parce qu'elles sont rares, elles déconcertent le jugement et l'on a peine à y croire. Anatole France représentait à tous les yeux le raffinement parfait de la culture, de la pensée et de l'art ; on avait donc été confondu quand on dut découvrir en lui un courage parfaitement simple et tranquille. Jaurès était universellement considéré comme le modèle d'une éloquence chantante et lyrique, comme un créateur de périodes, de rythmes et d'images ; aussi cette virtuosité était-elle instinctivement tenue pour incompatible avec une certaine probité scientifique de la recherche, avec une certaine exactitude logique du raisonnement, et les lecteurs des *Preuves* furent stupéfaits en constatant que chez lui les vertus opposées se cumulaient. Pour le grand public, non pas certes pour ses amis, les *Preuves* révélèrent un Jaurès inconnu. On l'avait tellement traité de sophiste qu'on ne pouvait pas s'étonner de son ingéniosité dialectique. Ce qui surprenait, c'était tant de sérieux, de rigueur, de bonne foi. Je suis excusable de m'arrêter ici avec un peu d'insistance puisque, aujourd'hui encore, l'image de Jaurès reste altérée par le malentendu dont la phrase de Pascal fournit la clé. Du moment que Jaurès fut un créateur d'images égal aux plus grands, du moment qu'il exerça sur des foules humaines une fascination d'ordre poétique ou religieux, on ne se décide pas à admettre qu'il ait possédé l'excès de la vertu opposée. On ne se rend pas compte que la pensée dont l'expression se parait d'une beauté musicale et lyrique se formait cependant en lui avec une sévérité de méthode et une volonté de rectitude que n'eût pas désavouées l'expérimentateur le plus scrupuleux.

Dans les souvenirs que me laisse une lecture déjà ancienne des *Preuves*, je trouve un exemple significatif et touchant. Parmi les experts en écriture de « l'Affaire », parmi ceux qui avaient admis l'attribution du « Bordereau » à Dreyfus, se trouvait un médecin nommé Bertillon, dont le nom reste d'ailleurs attaché à la pratique de l'anthropométrie judiciaire. Quand le rapport de ce Bertillon avait été rendu public, il avait provoqué un long mouvement de stupeur et d'effroi. Chacun s'était dit : « Celui-là est fou… » Et, dans son rapport, tout faisait apparaître en effet les caractères connus de la « folie logique » : bizarrerie et technicité saugrenue du vocabulaire, étrangeté des schémas et des figures dont le texte était complaisamment parsemé, absurdité des postulats, allure tranchante des raisonnements fondés sur ces postulats absurdes. L'aberration ou tout au moins l'altération mentale était si visible que les hommes de la Résistance avaient aussitôt

« laissé tomber » Bertillon. Dans les colloques quotidiens que provoquait « l'Affaire », quand le dreyfusard, désireux de marquer un point sans trop de peine, invoquait le rapport Bertillon, l'antidreyfusard frappait son front de son doigt et répondait d'un air entendu et compatissant : « Bien sûr, celui-là, on vous l'abandonne. » Quand Jaurès, discutant l'une après l'autre toutes les charges, en vint au rapport Bertillon, tout le monde l'aurait donc tenu quitte avec deux ou trois citations, autant de plaisanteries et quelques cris d'indignation. « Voilà ce que les juges de 1894 ont accepté bouche bée, comme un Evangile !... Voilà sur quoi a été condamné un innocent ! » Point du tout. Le dreyfusard Jaurès fit ce que n'avait fait aucun antidreyfusard. Il ne cita pas, il ne plaisanta pas. Avec son scrupule rigoureux de savant, il rechercha la pensée du Bertillon raisonnable qui pouvait malgré tout se recéler derrière les formules aberrantes du Bertillon fou. Il la reconstitua avec patience et évidence, après quoi, bien entendu, il la réfuta.

VIII

La publication des *Preuves* s'achevait à peine quand éclata le coup de foudre du suicide Henry. C'était dans les tout derniers jours d'août 1898. Je passais mes vacances en Suisse. Vers dix heures du soir, un journal de Zurich téléphona la nouvelle au portier de l'hôtel, qui vint frapper à ma porte pour me l'apprendre. Le colonel Henry, convoqué par Cavaignac, avait dû avouer devant lui que la pièce des attachés militaires était son œuvre. Il avait été arrêté sur-le-champ, conduit au Mont-Valérien, et là, il s'était ouvert la gorge dans sa cellule. Je ne suis pas sûr d'avoir, dans ma vie entière, reçu une commotion plus forte. Ce qui me possédait, m'envahissait ainsi, ce n'était pas l'émotion dramatique du fait divers. Je n'y étais pas plus sensible que je ne l'avais été aux péripéties du procès Zola. Non, la joie immense, infinie, qui semblait ruisseler sur moi avait pour source ma raison. La vérité avait triomphé. Je n'assistais plus seulement à son sûr cheminement, mais à son arrivée victorieuse. Le système de Cavaignac s'était effondré d'un seul coup. La démonstration de Jaurès venait de se vérifier jusque dans son détail, et Henry l'avait certifiée de sa signature sanglante. Au reste, n'était-ce pas Jaurès qui avait inspiré à Cavaignac ses premiers doutes ? S'il avait chargé un officier de confiance, le capitaine Cuignet, de vérifier l'authenticité de la pièce, c'est que les arguments de Jaurès l'avaient troublé, à demi persuadé. En tout cas, nulle force au monde ne pouvait plus désormais faire obstacle à la Révision, et en effet, quelques jours après le suicide de Henry, le président du Conseil Brisson ouvrait la procédure légale. Nous pouvions nous reposer après avoir rempli notre tâche : « l'Affaire » était terminée.

Ma joie ne me trompait pas, somme toute. Il est vrai que « l'Affaire » était terminée. Certes, de nouvelles déceptions et de nouvelles batailles nous attendaient. Le suicide de Henry ne mit pas fin à la Résistance, ainsi que nous l'avions espéré, et cette fois sans excès de candeur. Avec une manie obstinée, Cavaignac s'acharna à recoller les morceaux de son système démoli. Trois ministres de la guerre, lui, le général Zurlinden, le général Chanoine, donnèrent leur démission l'un après l'autre plutôt que d'acquiescer à la Révision. Barthou renversa Brisson dès la rentrée des Chambres. Charles Dupuy, le successeur, entoura d'embûches l'enquête de la Chambre Criminelle et finit par la dessaisir. L' « Etat-Major », refusant de lâcher sa proie, continua les poursuites contre Picquart. Pendant ce temps, le nationalisme d'extrême droite transformait le faux Henry en un acte de sacrifice patriotique et proposait l'apologie publique du criminel. Ainsi la Résistance, reformée une fois de plus, s'efforçait de détruire l'effet matériel de la démonstration de Jaurès, d'annuler l'effort moral de l'aveu qui l'avait corroborée. Nous ripostions avec violence, parfois avec fureur. Il y avait toujours de l'émoi et de la passion. On se crut même, au moment du coup de main de Reuilly, à la veille de la guerre civile. N'importe, « l'Affaire », la véritable « Affaire » était terminée. L'enchantement avait cessé, parce que la vérité était établie. On pouvait se battre encore contre Dreyfus et les dreyfusards. On ne pouvait plus rien contre le fait à la fois logique et historique que l'innocence de Dreyfus était démontrée. L'élite de l'opinion française s'inclinait devant ce fait ; l'opinion internationale qui est une première forme de la postérité le proclamait sans hésitation et sans partage. Alors, l'œuvre essentielle étant accomplie, le dreyfusard redevenait un homme ordinaire. Nous recommencions à vivre comme tout le monde, comme nous avions vécu auparavant, toujours ardents, certes, toujours convaincus, mais non plus absorbés, enchantés, — retrouvant une place en nous pour les intérêts, les soucis, les sentiments habituels de l'existence.

*

Je me rends clairement compte de ce changement en comparant dans ma mémoire le procès de Rennes au procès Zola. La Cour de Cassation avait mis à néant la sentence de 1894. Dreyfus avait été ramené de l'Ile du Diable, et il comparut à nouveau devant les juges militaires en septembre 1899, quelques semaines après la constitution du cabinet Waldeck-Rousseau. Je n'étais pas à Rennes. La maladie d'un parent très proche m'avait retenu à Paris, où Lucien Herr se trouvait aussi pour une raison analogue. Chaque jour, et même plusieurs fois par jour, nous retrouvions à la Librairie Bellais l'un des nôtres, Mario Roques, élève de Gaston Paris et de Bédier, qui vivait dans la plus proche intimité du garde des Sceaux Monis et pouvait ainsi nous communiquer les informations ministérielles, les renseignements et les pronostics secrets. Le gouvernement considérait l'acquittement comme certain, en quoi il se trompait, comme on sait, et nous y croyions aussi de toute notre force. Nous suivions les débats pas à pas, avec minutie, avec exaltation, avec colère. Mais nous ne sentions pas notre vie même engagée comme au temps du procès Zola. « L'Affaire », la véritable « Affaire » était terminée. La vérité était non seulement prouvée, mais épuisée, sauf en ce qui touche le rôle de Henry, sur lequel le mystère pèse toujours. Les débats de Rennes n'apprenaient rien, n'ajoutaient rien. De même que Picquart était apparu au procès Zola, Dreyfus apparut à Rennes en personne, grave, sévère, modeste, physiquement incapable de tout geste et de tout accent théâtral, mais émouvant à force de pureté stoïque. Vis-à-vis de lui, l'instinct de pitié, l'entraînement humain demeuraient intacts. Mais, quoi qu'il arrivât, quelle que fût la sentence du conseil de guerre — lequel, en fin de compte, devait déchaîner tout le monde contre lui en condamnant avec circonstances atténuantes ! — il n'en était pas moins Dreyfus l'innocent ; il n'en était pas moins redevenu le capitaine Dreyfus ! Quoi qu'il arrivât, il ne retournerait plus là-bas, dans l'Ile. Il était réhabilité vis-à-vis de la conscience universelle. Acquitté ou non par un conseil de guerre, Esterhazy, lui, était condamné. D'ailleurs, il était déjà renié par tout le monde, rejeté dans la vie crapuleuse où il s'éteignit. .

Quel changement plus frappant encore quand je compare le procès de Rennes avec la procédure de la Cour de Cassation qui prononça quelques années plus tard l'acquittement définitif ! Après la sentence de Rennes, Dreyfus s'était résigné à la grâce que lui offrait Waldeck-Rousseau par l'entremise de Millerand et de Joseph Reinach. Les « révolutionnaires » et les « politiques » s'étaient affrontés une dernière fois. L'unité de la Grande Eglise avait été rompue. Clemenceau jetait feu et flammes, mais Jaurès, finalement attendri, avait rédigé de sa main la formule d'acceptation. En acceptant la grâce, Dreyfus s'était réservé de poursuivre jusqu'à l'extrémité sa complète réhabilitation légale. Il tint l'engagement qu'il avait pris vis-à-vis de lui-même et vis-à-vis de ses amis. Il poursuivit la révision du procès de Rennes comme les dreyfusards avaient poursuivi la révision du procès de 1894. La Cour de Cassation annula, évoqua, acquitta : l'innocent Dreyfus devint, ainsi qu'il l'avait voulu sans repos sur son rocher, un innocent légal, un innocent parfait. Mais ce dénouement juridique laissa l'opinion indifférente. A peine les nationalistes d'extrême droite y trouvèrent-ils l'occasion de quelque brouhaha et de quelques outrages. « L'Affaire » était terminée.

IX

Dans l'intervalle, on avait continué de se battre, bien entendu, et l'on continua longtemps encore. Mais ce n'était plus qu'une bataille politique. Du côté dreyfusard, on ne luttait plus pour la réparation d'une erreur judiciaire, pour le salut d'un homme. Les « révolutionnaires » s'efforçaient de généraliser les résultats acquis, de prolonger en larges ondes la secousse. Nous comptions bien transformer la coalition révisionniste en une armée permanente au service du Droit humain et de la Justice. De l'iniquité subie par un individu, nous tâchions, comme l'avait fait Jaurès dès le premier jour, de remonter à l'iniquité sociale. Nous retournions contre les institutions militaires les deux sentences des conseils de guerre — l'une fausse et illégale, l'autre contradictoire et absurde, les faux du Deuxième Bureau, l'opposition âprement maintenue entre l'honneur professionnel et l'honneur tout court. Du côté de la Résistance, les antisémites, les anciens boulangistes, la droite monarchiste et cléricale tentaient l'opération inverse et symétrique. Ils s'appliquaient à discipliner les réflexes confus, mais simples, de l'instinct national, à les diriger vers une réaction nationaliste — nous dirions aujourd'hui vers une réaction fasciste. Les camelots du Roi faisaient leurs premières armes ; la Ligue de la Patrie Française s'était organisée à peu près sur le même mode que les ligues paramilitaires d'à présent.

Les progrès accélérés de cette propagande avaient jeté l'alarme dans la masse du Parti républicain. Après le coup de main de Reuilly, et surtout après la formation du cabinet Waldeck-Millerand-Galliffet, la « Défense républicaine » s'était ajoutée au dreyfusisme et, peu à peu, s'y était substituée. Au temps de Combes et de sa contre-offensive, l'évolution était apparue encore plus nettement. Le Parlement et le pays s'étaient partagés en deux camps bien tranchés, que séparait un fossé profond. La passion publique était violente. Mais on ne se battait plus pour ou contre Dreyfus, pour ou contre la Révision ; on se battait pour ou contre la République, pour ou contre le « militarisme », pour ou contre la laïcité de l'Etat. En même temps qu'avaient changé l'objet et l'enjeu du combat, bien des échanges s'étaient produits entre les combattants. Le camp républicain avait récupéré des adversaires de la Révision, des indifférents, des partisans tièdes ou lâches. En revanche, beaucoup de dreyfusards de la première heure avaient regagné le camp de la Réaction comme leur sol naturel.

Pourquoi conterais-je ce long conflit politique, qui d'ailleurs attend encore son historien ? Pourquoi le conterais-je plutôt qu'un autre, alors que maintenant j'en ai tant vu ? En écrivant ces souvenirs, je n'ai pas nourri d'autre dessein que d'évoquer le cas humain, celui qui était si beau, celui qui pouvait toucher indistinctement tous les hommes. J'ai cédé surtout à l'envie de restituer, de communiquer, avant qu'il fût devenu tout à fait inintelligible, un état d'esprit et de passion qui fut le mien, qui fut celui des quelques générations qui ont encadré la mienne. Restant l'un des derniers témoins, j'ai voulu verser mon témoignage. Mais, après le suicide du colonel Henry et l'ouverture de la Révision, cet état extraordinaire n'a plus de support, plus d'aliment et par conséquent ma déposition perd son prix. La phase unique a cessé ; c'est la vie habituelle qui recommence.

« L'Affaire » que je viens d'évoquer ainsi, c'est celle qui a été gagnée, franchement et complètement gagnée, puisque Dreyfus a pu servir pendant la guerre avec ses galons d'officier, puisqu'il vient de mourir vieux et tranquille entre les siens, puisqu'il n'existe plus au monde, dans aucun pays, un seul être pensant qui puisse concevoir un doute sur son innocence, puisque l'Histoire qui retiendra son nom et sa légendaire aventure a déjà rendu d'avance son jugement. L'autre Affaire, ou plutôt cette séquelle d'Affaire qui se développa en bataille politique ne devait laisser en revanche qu'un résultat précaire et incertain. La coalition post-dreyfusarde prolongea quelques années durant une apparente victoire. Combes gouverna impérieusement une majorité et, à travers sa majorité, le pays. Jaurès parut régner tant que Combes gouverna. Mais, dès 1906, Clemenceau rompait avec Jaurès. Sur les ruines de la coalition post-dreyfusarde, il érigeait un premier Bloc national fortifié et armé contre le Socialisme. Briand survenait ensuite ; il désagrégeait le Bloc des gauches comme le Bloc national ; il aplanissait ; il apaisait. Dix ou douze ans après le suicide du Mont-Valérien et le procès de Rennes, la vie parlementaire avait recouvré presque exactement son ancienne figure.

Les formations de « l'Affaire » étaient décomposées ; sa puissance d'exaltation et de renouvellement était épuisée. C'étaient les mêmes rivalités de personnes, les mêmes oppositions ou combinaisons de groupes à contours indécis, les mêmes discussions sans principes. Le Parti radical ne devait se reconstituer qu'à la veille de la guerre, et sous d'autres influences. Seul, le Parti socialiste, grâce à la prescience géniale de Jaurès, avait gagné son unité et accru sa force. Les réactionnaires, héritiers du parti de la Résistance, avaient subi la poigne de Combes après le mépris arrogant de Waldeck, la loi de Séparation après la loi sur les Associations. La Constitution républicaine et les dogmes républicains défiaient désormais leurs attaques. Mais leur défaite n'était ni plus durable ni plus substantielle que la victoire du camp adverse. Leur force réelle n'était pas détruite ; elle était à peine altérée. On s'en aperçut à la veille de la guerre ; on s'en aperçut encore plus clairement à son lendemain.

L'autre « Affaire » n'avait donc été gagnée ni perdue par personne. Nous n'avions pas réussi la rénovation révolutionnaire ; les chefs de la Résistance n'avaient pas détruit la République, ne l'avaient pas asservie à la tradition. La crise avait eu beau parcourir la surface de violents et longs remous, elle n'avait pas ébranlé le pays dans ses profondeurs. Une fois le cyclone passé, la France se retrouvait à peu près identique à elle-même. Etrange spectacle, qui prêterait à bien des réflexions amères, qui déçoit, qui pourrait presque décourager de l'action. Quoi ! des années durant, une passion sans exemple avait possédé, bouleversé les vies personnelles et la vie commune ! On s'était senti différent ; tout avait semblé différent autour de soi. Et voilà que sitôt terminée la période aiguë, sitôt la température tombée, la société, le corps politique, les groupes, les individus se retrouvaient pareils à eux-mêmes, tels que s'il ne s'était rien passé ! Ceux que ces tristes propos pourraient étonner n'ont qu'à rappeler en eux des souvenirs moins lointains, ceux de la guerre et de l'après-guerre. Pendant la guerre aussi, chacun s'était senti autre et avait cru percevoir autour de lui d'autres hommes, un autre univers. Chacun s'était dit également : quand l'épreuve sera surmontée, je vivrai dans un pays neuf, dans un monde neuf, avec des hommes qu'uniront à moi des rapports nouveaux, — chacun concevant d'ailleurs à sa manière le renouvellement du pays, du monde, des rapports humains. En fin de compte, la surface seule avait été brassée par la tourmente ; les lourdes profondeurs restaient immobiles. A mesure que tombait l'agitation des vagues, le même océan reparaissait sous le même ciel ; on voyait se reformer le même monde. Avant ou après « l'Affaire », avant ou après la guerre, qu'y avait-il de foncièrement transformé en France ?

Est-il vrai, comme on l'entend répéter souvent, que la vie collective en France obéisse à une loi particulière de stabilité ? Il se peut : les changements révolutionnaires se sont succédé en France, depuis un siècle et demi, à des intervalles bien courts, mais on pourrait prétendre avec assez de raison que, si fréquents qu'ils aient été, ils ne modifiaient précisément que des apparences. Il est vrai que, dans les cent ans qui ont suivi la Révolution française — la vraie — notre pays n'a guère subi, en réalité, que les oscillations régulières du temps, qu'il n'y a pas tant de différence entre l'Empire napoléonien et la Restauration, entre la Restauration et la Monarchie censitaire, entre la Monarchie censitaire et l'Empire libéral, entre l'Empire libéral et la République conservatrice. Bien des fois, chez nous, le pouvoir a changé de mains en pure perte, et il se peut que le scepticisme politique des masses soit, pour une part, venu de là. Mais comment la loi de stabilité serait-elle particulière à la France quand les phénomènes qu'elle prétend exprimer ne le sont pas ? Les grandes crises politiques n'ont pas plus transformé l'Angleterre que la France. En ce moment même, ne sentons-nous pas de jour en jour la pire des obsessions peser plus lourdement sur nous : celle de revivre dans l'Europe de 1914, de voir les forces politiques se réassembler sous les mêmes signes et selon les mêmes systèmes ?

Alors, faut-il chercher l'explication dans la philosophie matérialiste de l'Histoire ? Si, après « l'Affaire » ou la guerre, la société est silencieusement revenue sur elle-même, est-ce parce que les classes sociales n'avaient pas été brouillées, parce que les rapports sociaux n'avaient pas été altérés, parce que rien n'avait mordu sur la « condition humaine », sur le métier, sur le gain, sur la sécurité de la vie, sur la manière de se loger, de se nourrir, de se vêtir, sur la façon dont le bien s'acquiert, s'exploite et se transmet ? C'est jusque-là qu'il faut atteindre, comme l'avait fait la Révolution de 89. Alors les épaisseurs immobiles sont secouées, alors remontent du fond les grandes ondes, les grands déplacements d'eaux qui bouleversent durablement la surface. Est-ce pour cela que des crises historiques comme « l'Affaire » et la guerre auront laissé moins de traces sur le monde qu'une simple crise de « surproduction » industrielle, chronique par sa nature, mais prolongée au-delà de la durée normale ?... Je livre ces réflexions, ou plutôt ces questions, au lecteur parce qu'elles naissent naturellement de mon sujet, mais je ne veux pas m'y attarder ; je me défends même de les poursuivre. Elles me ramèneraient à la vie présente dont m'avaient éloigné pour quelques heures le rappel du passé, l'évocation de la jeunesse, du « temps retrouvé », des amis perdus. Avant de tourner le dernier feuillet, je me donne encore un moment de retraite : c'est cette ombre protectrice et bienfaisante que je veux recomposer, épaissir à nouveau autour de moi.

TABLE

DU MÊME AUTEUR

ŒUVRES. Éditions Albin Michel (9 volumes)

À L'ÉCHELLE HUMAINE. Éditions Gallimard (Idées nº 236)

LE SOCIALISME DÉMOCRATIQUE. Éditions Denoël

POUR ÊTRE SOCIALISTE. Éditions Jannink

STENDHAL ET LE BEYLISME. Éditions Albin Michel

DU MARIAGE. Éditions Albin Michel

L'HISTOIRE JUGERA. Éditions T. Mage

Impression S.E.P.C. à Saint-Amand (Cher),
le 12 février 1993.
Dépôt légal : février 1993.
Numéro d'imprimeur : 051.
ISBN 2-07-032752-3/Imprimé en France.

57985